Um estudo em vermelho

CLÁSSICOS ZAHAR
em EDIÇÃO BOLSO DE LUXO

Sherlock Holmes (9 vols.)
Arthur Conan Doyle

As aventuras de Robin Hood
O conde de Monte Cristo
Os três mosqueteiros
Alexandre Dumas

O corcunda de Notre Dame
Victor Hugo

Arsène Lupin (6 vols.)*
Maurice Leblanc

O Lobo do Mar
Jack London

Rei Arthur e os cavaleiros da Távola Redonda
Howard Pyle

Frankenstein
Mary Shelley

Drácula
Bram Stoker

20 mil léguas submarinas
A ilha misteriosa
Viagem ao centro da Terra
A volta ao mundo em 80 dias
Jules Verne

O Homem Invisível
H.G. Wells

Títulos disponíveis também em edição comentada e ilustrada
(exceto os indicados por asterisco)
Veja a lista completa da coleção no site zahar.com.br/classicoszahar

Arthur Conan Doyle

Um estudo em vermelho

Tradução:
Maria Luiza X. de A. Borges

15ª reimpressão

ZAHAR

Grafia atualizada segundo o Acordo Ortográfico da Língua Portuguesa de 1990, que entrou em vigor no Brasil em 2009.

Título original
A Study in Scarlet

Capa
Rafael Nobre/Babilonia Cultura Editorial

Imagem da capa
© Duncan Walker/Getty Images

Projeto gráfico
Carolina Falcão

Revisão
Carolina Sampaio
Eduardo Farias

CIP-Brasil. Catalogação na publicação
Sindicato Nacional dos Editores de Livros, RJ

D784e Doyle, Arthur Conan, Sir, 1859-1930
Um estudo em vermelho / Arthur Conan Doyle; tradução Maria Luiza X. de A. Borges. – 1ª ed. – Rio de Janeiro: Zahar, 2013.
il. (Bolso de luxo)
Tradução de: A Study in Scarlet.
ISBN 978-85-378-1087-3

1. Holmes, Sherlock (Personagem fictício) – Ficção. 2. Watson, John H. (Personagem fictício) – Ficção. 3. Detetives particulares – Inglaterra – Ficção. 4. Ficção policial inglesa. I. Borges, Maria Luiza X. de Almeida (Maria Luiza Xavier de Almeida), 1950-. II. Título. III. Série.

CDD: 823
13-00453 CDU: 821.111-3

EDITORA SCHWARCZ S.A.
Praça Floriano, 19, sala 3001 – Cinelândia
20031-050 – Rio de Janeiro – RJ
Telefone: (21) 3993-7510
www.companhiadasletras.com.br
www.blogdacompanhia.com.br
facebook.com/editorazahar
instagram.com/editorazahar
twitter.com/editorazahar

Sumário

BEETON'S·CHRISTMAS·ANNUAL
A STUDY IN SCARLET
By A. CONAN DOYLE
Containing·also
Two Original
DRAWING ROOM PLAYS.
1
FOOD FOR POWDER.
By R. ANDRE
2
THE FOUR LEAVED SHAMROCK
By C. J. HAMILTON
With ENGRAVINGS
By D H FRISTON
MATT STRETCH,
AND
R. ANDRÉ
WARD·LOCK·&·CO
LONDON·NEW·YORK
·AND·MELBOURNE·

Apresentação

Sir Arthur Conan Doyle (1859-1930) foi médico e escritor. Sua obra contempla gêneros tão diversos quanto a ficção científica, as novelas históricas, a poesia e a não ficção. Sem dúvida, porém, seu maior reconhecimento vem dos contos e romances do detetive Sherlock Holmes e seu fiel parceiro e amigo, o dr. Watson.

Os contos nunca deixaram de ser reimpressos desde que o primeiro deles foi publicado, em 1891, e os romances foram traduzidos para quase todas as línguas. Centenas de atores encarnaram a dupla nos palcos, no rádio e nas telas; revistas e livros sobre o detetive são lançados todo ano; fã-clubes reúnem-se com regularidade. Infinitamente imitado, parodiado e citado, Holmes já foi identificado como uma das três personalidades mais conhecidas do mundo ocidental, ao lado de Mickey Mouse e do Papai Noel.

Um estudo em vermelho foi publicado no anuário londrino *Beeton's Christmas Annual* de 1887, após ser recusado por três editores. No ano seguinte, saiu em edição separada, com ilustrações de Charles Doyle, pai de Conan Doyle. Rotulado como "Reminiscências do Dr. John H. Watson", o livro registra a primeira aparição pública de Sherlock Holmes e o famoso primeiro encontro entre o detetive e Watson, que passam a dividir a moradia na Baker Street, nº 221B. Após acompanhar

Holmes numa investigação, maravilhado com seus métodos, Watson o instiga a publicar um relato do caso: "se você não o fizer, eu o farei para você". "Pode fazer o que quiser", é a resposta de Holmes – abrindo caminho para o que viria a ser a mais bem-sucedida série de histórias já publicada.

Analisando os recursos literários de Conan Doyle, temos uma narrativa que casa perfeitamente diálogo, descrição, caracterização e *timing*. A modéstia aparente de sua linguagem oculta um profundo reconhecimento da complexidade humana. E repare-se como o autor é hábil em "colocar o leitor a meio caminho", como diz John le Carré, entre seus dois grandes protagonistas: Holmes é genial, e o leitor nunca o alcançará (e talvez nem queira); mas nem por isso deve desanimar, pois é mais perspicaz que o dr. Watson...

A presente edição traz o texto publicado no *Beeton's Christmas Annual* e mais de trinta ilustrações originais, feitas por diversos ilustradores das histórias do grande detetive de Baker Street.

PARTE I

Nova tiragem das reminiscências do Dr. John H. Watson, ex-membro do Departamento Médico do Exército

1. Mr. Sherlock Holmes

No ano de 1878, após receber meu diploma de doutor em medicina da Universidade de Londres, fui para Netley fazer o curso prescrito para os oficiais médicos do Exército. Tendo concluído meus estudos ali, fui devidamente incorporado ao 5º Regimento de Fuzileiros de Northumberland como médico assistente. Na época o regimento achava-se estacionado na Índia e, antes que eu pudesse me juntar a ele, a Segunda Guerra Afegã foi deflagrada. Ao desembarcar em Bombaim, fui informado de que minha unidade avançara pelos desfiladeiros e já penetrara profundamente no país do inimigo. Segui em frente, contudo, com muitos oficiais que estavam na mesma situação que eu, e consegui chegar são e salvo a Kandahar, onde encontrei meu regimento e assumi imediatamente minhas novas funções.

A campanha rendeu honrarias e promoção a muitos, mas para mim resultou apenas em infortúnio e desgraça. Fui removido de minha brigada e incorporado aos Berkshires, com os quais servi na batalha fatal de Maiwand. Ali fui atingido no ombro por uma bala de jezail, que estilhaçou o osso e roçou a artéria subclávia. Teria caído nas mãos dos *ghazis** assassi-

* Designação honrosa para guerreiros muçulmanos veteranos, sobretudo os que lutaram com sucesso contra infiéis. Os *ghazis* tinham fama de usar tortura e métodos penosos.

nos, não tivessem sido a devoção e a coragem demonstradas por Murray, meu ordenança, que me jogou de través sobre um cavalo de carga e conseguiu me levar em segurança até as linhas britânicas.

Esgotado pela dor e combalido pelas prolongadas privações por que passara, fui removido, com um grande comboio de feridos, para o hospital base em Peshawar. Ali me reanimei, e já me restabelecera a ponto de ser capaz de caminhar pelas enfermarias, e até de tomar um pouco de sol na varanda, quando fui atingido pela febre entérica, aquela maldição de nossas

"Eu teria caído nas mãos dos *ghazis* assassinos, não tivessem sido a devoção e a coragem demonstradas por Murray, meu ordenança."
[Richard Gutschmidt, *Späte Rache*, Stuttgart, Robert Lutz Verlag, 1902]

possessões indianas. Passei meses desenganado, e, quando finalmente voltei a mim e comecei a convalescer, estava tão fraco e emaciado que uma junta médica decidiu que não deveria esperar nem mais um dia para me mandar de volta para a Inglaterra. Fui despachado, assim, no navio de transporte de tropas *Orontes*, e desembarquei um mês depois no píer de Portsmouth, com a saúde irrecuperavelmente arruinada, mas com a permissão de um governo paternal para passar os nove meses seguintes tentando melhorá-la.

Não tendo amigos nem parentes na Inglaterra, eu estava portanto livre como a brisa — ou tão livre quanto pode ser um homem com uma renda de onze xelins e seis *pence* por dia. Nessas circunstâncias, senti-me naturalmente atraído por Londres, essa grande cloaca para a qual todos os vagabundos e ociosos do Império são irresistivelmente drenados. Ali me hospedei por algum tempo num hotel privado no Strand, levando uma vida sem conforto e sem sentido, e gastando todo o dinheiro que tinha muito mais liberalmente do que devia. O estado de minhas finanças tornou-se tão alarmante que logo compreendi que devia ou deixar a metrópole e ir morar em algum lugar na zona rural, ou fazer uma completa alteração em meu estilo de vida. Escolhendo esta última alternativa, comecei por deixar o hotel e me alojar num domicílio menos pretensioso e menos caro.

No mesmo dia em que chegara a essa conclusão, encontrava-me no Criterion Bar quando alguém me deu um tapinha no ombro, e, virando-me, reconheci o jovem Stamford, que havia sido meu assistente no Bart's. A visão de um rosto amigo na vastidão desnorteante de Londres é algo realmente agradável para um homem solitário. Nos velhos tempos, Stamford nunca me fora muito chegado, mas mesmo assim saudei-o com entusiasmo, e ele, por sua vez, pareceu encantado ao me ver. Na exuberância de minha alegria, convidei-o para almoçar comigo no Holborn, e partimos juntos num *hansom*.

"Que andou fazendo consigo mesmo, Watson?" perguntou ele com indisfarçável espanto, quando sacolejávamos pelas ruas apinhadas de Londres. "Está magro como um caniço e tostado como uma castanha."

Fiz-lhe um breve apanhado de minhas aventuras e mal o havia concluído quando chegamos ao nosso destino.

"Pobre coitado!" disse ele, cheio de comiseração, depois de ouvir meus infortúnios. "Que anda fazendo agora?"

"Estou à procura de moradia", respondi. "Tentando resolver um problema: é possível conseguir aposentos confortáveis por um preço módico?"

"É estranho", observou meu companheiro; "você é a segunda pessoa de quem ouço a mesma coisa hoje."

"E quem foi a primeira?"

"Um sujeito que trabalha no laboratório químico no hospital. Ele se lamentava esta manhã por não conseguir encontrar alguém com quem dividir o aluguel de uns ótimos aposentos que encontrou e que são caros demais para seu bolso."

"Por Deus!" exclamei. "Se ele de fato quer alguém para dividir os cômodos e as despesas, eu sou justamente o homem que procura. Eu prefiro ter um parceiro a morar sozinho."

O jovem Stamford lançou-me um olhar bastante estranho por sobre seu copo de vinho. "Ainda não conhece Sherlock

Holmes", disse; "talvez não goste de tê-lo como um companheiro constante."

"Ora, que há contra ele?"

"Bem, eu não disse que havia alguma coisa contra ele. É um pouco extravagante em suas ideias – um entusiasta de alguns ramos da ciência. Até onde sei, é um sujeito bastante decente."

"Estudante de medicina, suponho?" perguntei.

"Não... não tenho ideia de quais são seus interesses. Creio que é versado em anatomia e é um químico de primeira; mas, que eu saiba, nunca fez nenhum curso regular de medicina. Seus estudos são muito desconexos e excêntricos, mas acumulou um volume de conhecimentos insólitos que espantaria seus professores."

"Nunca lhe perguntou qual era seu interesse?" perguntei.

"Não; não é fácil fazê-lo falar livremente, embora possa ser bastante comunicativo quando lhe dá na veneta."

"Gostaria de conhecê-lo", disse eu. "Se tiver de morar com alguém, preferiria um homem estudioso, de hábitos sossegados. Ainda não estou forte o suficiente para suportar muito barulho ou alvoroço. Tive bastante dos dois no Afeganistão, o suficiente para o resto de minha vida. Como eu poderia conhecer esse seu amigo?"

"Com certeza está no laboratório", respondeu meu companheiro. "Ou ele evita o lugar por semanas a fio, ou trabalha lá de manhã à noite. Se quiser, podemos tomar um fiacre e passar lá depois do almoço."

"Com muito prazer", respondi, e a conversa derivou para outros canais.

Quando nos dirigíamos para o hospital, após deixar o Holborn, Stamford deu-me mais alguns pormenores sobre o cavalheiro com quem eu pretendia morar.

"Não me censure se não simpatizar com ele", disse; "nada sei a seu respeito além do que depreendi encontrando-o ocasionalmente no laboratório. Foi você que propôs esse arranjo, portanto não me considere responsável."

"Se não nos dermos bem, será fácil nos separarmos", respondi. "Tenho a impressão, Stamford", acrescentei, encarando meu companheiro com firmeza, "de que você tem alguma razão para lavar suas mãos neste assunto. O temperamento desse sujeito é assim tão terrível, ou o quê? Vamos, desembuche."

"Não é fácil exprimir o inexprimível", respondeu ele, rindo. "Holmes é um pouco científico demais para o meu gosto... chega quase a ser desalmado. Eu poderia imaginá-lo dando a um amigo uma pitadinha do mais recente alcaloide vegetal, não por maldade, veja bem, mas simplesmente movido por espírito investigativo, para ter uma ideia precisa dos efeitos. Para lhe fazer justiça, acho que ele mesmo o tomaria com igual prontidão. Parece ter paixão por conhecimento certo e exato."

"Faz ele muito bem."

"Sim, mas isso pode passar do ponto. Quando se chega a dar bengaladas nos cadáveres na sala de dissecação, a coisa está sem dúvida assumindo uma forma bastante esquisita."

"Bengaladas em cadáveres!"

"Isso mesmo, para verificar até que ponto é possível produzir contusões após a morte. Vi com meus próprios olhos."

"Mesmo assim diz que ele não estuda medicina?"

"Não. Deus sabe quais são os objetivos de seus estudos. Mas cá estamos, e você terá de formar sua própria impressão a respeito dele." Enquanto ele falava, dobramos uma ruela estreita e passamos por uma portinha lateral que dava para uma ala do grande hospital. O terreno me era familiar e não precisei de guia quando subimos a fria escada de pedra e enveredamos pelo comprido corredor com sua perspectiva de paredes caiadas e portas pardacentas. Perto da outra ponta, abria-se uma passagem baixa e arqueada que levava ao laboratório químico.

Este era uma câmara de pé-direito muito alto, forrada e apinhada de incontáveis frascos. Mesas largas e baixas espalhavam-se por toda parte, eriçadas de retortas, tubos de ensaio e pequenos bicos de Bunsen, com suas trêmulas chamas azuis. Só havia na sala um estudante, debruçado sobre uma mesa distante e absorto em seu trabalho. Ao som de nossos passos ele deu uma olhada à sua volta e se levantou de um salto com uma exclamação de prazer. "Achei! Achei!" gritou para meu companheiro, correndo até nós com um tubo de ensaio na mão. "Encontrei um reagente que é precipitado por hemoglobina, e por mais nada." Se tivesse descoberto uma mina de ouro, um deleite maior não poderia ter resplandecido em seu semblante.

"Dr. Watson, Mr. Sherlock Holmes", disse Stamford, apresentando-nos.

"Como vai?" disse ele cordialmente, apertando minha mão com uma força que eu dificilmente lhe teria atribuído. "Pelo visto, esteve no Afeganistão."

"Como diabos soube disso?" perguntei, estarrecido.

"'Achei! Achei!' gritou."
[Geo. Hutchinson, *A Study in Scarlet*, Londres, Ward, Lock Bowden, and Co., 1891]

"Não importa", respondeu, com uma risadinha de si para consigo. "A questão agora é a hemoglobina. Percebe a importância desta minha descoberta, não é?"

"É interessante, quimicamente, sem dúvida", respondi, "mas na prática..."

"Ora, homem! É a mais prática descoberta médico-legal feita em anos. Não vê que ela nos proporciona um teste infalível para manchas de sangue? Venha aqui agora!" Em seu entusiasmo, agarrou-me pela manga do paletó e me arrastou até a mesa em que estivera trabalhando. "Arranjemos um pouco de sangue fresco", disse, enfiando um comprido estilete no dedo e colhendo a gota de sangue resultante com uma pipeta química. "Agora eu acrescento esta pequena quantidade de sangue a um litro d'água. Como vê, a mistura resultante tem a aparência de água pura. A proporção de sangue não pode ser mais que um para um milhão. Não tenho dúvida, entretanto, de que serei capaz de obter a reação característica." Enquanto falava, jogou num recipiente alguns cristais brancos e em seguida acrescentou algumas gotas de um fluido transparente. Num instante os conteúdos assumiram uma cor fosca de mogno e um pó amarronzado precipitou-se no fundo do frasco de vidro.

"Ahá!" exclamou ele, batendo palmas e parecendo tão encantado como uma criança com um brinquedo novo. "Que pensa disso?"

"Parece um teste muito sensível", observei.

"Lindo! Lindo! O velho teste com guaiaco era muito grosseiro e duvidoso. O exame microscópico para corpúsculos de sangue também. Este último não tem nenhum valor se as manchas já tiverem algumas horas. Agora, isto aqui parece agir igualmente bem seja o sangue velho ou novo. Se este teste já tivesse sido inventado, centenas de homens que agora perambulam por aí já teriam pagado por seus crimes há muito tempo."

"Realmente!" murmurei.

"A todo momento, casos criminais dependem desse único ponto. Um homem torna-se suspeito de um crime meses depois, talvez, que ele foi cometido. Suas roupas de baixo ou outras peças são examinadas, e descobrem-se manchas amarronzadas nelas. São manchas de sangue, de lama, de ferrugem, de frutas ou o quê? Essa é uma pergunta que intrigou muitos especialistas, e por quê? Porque não havia um teste confiável. Agora temos o teste de Sherlock Holmes e não haverá mais nenhuma dificuldade."

Seus olhos brilhavam enquanto falava e, levando a mão ao peito, fez uma reverência, como se sua imaginação tivesse feito surgir por encanto uma multidão que o aplaudia.

"O senhor está de parabéns", observei, consideravelmente surpreso com seu entusiasmo.

"Houve o caso de Von Bischoff em Frankfurt ano passado. Certamente teria sido enforcado se o teste já existisse. Depois houve Mason de Brandford, o famigerado Muller, Lefevre de Montpellier e Samson de Nova Orleans. Eu poderia citar uma vintena de casos em que ele teria sido decisivo."

"Você parece um calendário ambulante do crime", disse Stamford com uma risada. "Poderia lançar um jornal nessa linha. Intitule-o 'Noticiário Policial do Passado'."

"Seria de fato uma leitura muito interessante", comentou Sherlock Holmes, aplicando um pedacinho de emplastro sobre a picada em seu dedo. "Preciso ter cuidado", continuou, virando-se para mim com um sorriso, "porque lido muito com venenos." Mostrou a mão enquanto falava e notei que estava toda salpicada com pedaços similares de emplastro e descorada por ácidos fortes.

"Viemos aqui a negócios", disse Stamford, sentando-se num tamborete alto de três pernas e empurrando outro com o pé na minha direção. "Este meu amigo está à procura de moradia e, como você se queixava de não conseguir encontrar alguém para dividir o aluguel, achei que o melhor era reuni-los."

Sherlock Holmes pareceu encantado com a ideia de dividir suas acomodações comigo. "Estou de olho num apartamento em Baker Street", disse, "que seria perfeito para nós. Espero que não se incomode com cheiro de tabaco forte."

"Eu mesmo costumo fumar *ship's*", respondi.

"Isso é ótimo. Em geral tenho produtos químicos pela casa e vez por outra faço experimentos. Isso o incomodaria?"

"Em absoluto."

"Vejamos... quais são meus outros defeitos? Às vezes fico deprimido, e passo dias a fio sem abrir a boca. Não deve pensar que estou amuado nessas ocasiões. Basta deixar-me em paz e logo volto ao normal. E o senhor, que tem para confessar? É melhor que dois sujeitos saibam o pior um do outro antes de começarem a morar juntos."

Achei graça desse interrogatório. "Tenho um filhote de buldogue", disse, "não suporto balbúrdia porque meus nervos estão abalados, acordo nas horas mais escandalosas e sou extremamente preguiçoso. Tenho outros vícios quando estou bem, mas estes são os principais no momento."

"Inclui o som de violino na categoria de balbúrdia?" perguntou ele, aflito.

"Depende do executante", respondi. "Um violino bem tocado é um deleite dos deuses... mas um mal tocado..."

"Ah, muito bem", exclamou ele com uma risada satisfeita. "Acho que podemos considerar o assunto resolvido — isto é, se os quartos forem do seu agrado."

"Quando iremos vê-los?"

"Encontre-me aqui amanhã ao meio-dia; iremos juntos e acertaremos tudo."

"Certo... ao meio-dia em ponto", disse eu, apertando-lhe a mão.

Nós o deixamos trabalhando em meio aos seus produtos químicos, e caminhamos juntos para o meu hotel.

"A propósito", perguntei de repente, parando e me virando para Stamford, "como diabos ele soube que venho do Afeganistão?"

Meu companheiro abriu um sorriso enigmático. "Essa é justamente sua pequena peculiaridade", disse. "Muita gente gostaria de saber como ele descobre as coisas."

"Ah! Então é um mistério?" exclamei, esfregando as mãos. "Isto é muito estimulante. Sou-lhe muito grato por nos aproximar. 'O estudo próprio para a humanidade é o homem', você sabe."

"Nesse caso, trate de estudá-lo", disse Stamford, despedindo-se. "Mas vai achá-lo um problema espinhoso. Aposto que ele descobrirá mais coisas sobre você do que você sobre ele. Até logo."

"Até logo", respondi, e fui andando devagar para o meu hotel, consideravelmente interessado em meu novo conhecido.

II. A ciência da dedução

Encontramo-nos no dia seguinte, tal como combinado, e inspecionamos os aposentos da Baker Street, nº 221B, de que ele falara. Consistiam em dois confortáveis quartos de dormir e uma única e espaçosa sala de estar, jovialmente mobiliada e iluminada por duas amplas janelas. O apartamento era tão desejável em todos os aspectos, e as condições pareciam tão razoáveis se divididas entre nós, que o negócio foi fechado no ato e tomamos posse do lugar imediatamente. Naquela mesma tarde levei minhas coisas do hotel para lá, e na manhã seguinte Sherlock Holmes me seguiu com várias caixas e malas. Passamos um ou dois dias extremamente ocupados, desembalando nossos pertences e arrumando-os da melhor maneira possível. Feito isto, começamos a nos adaptar pouco a pouco ao nosso novo ambiente.

Holmes não era um homem de convívio difícil. Tinha modos tranquilos e hábitos regulares. Raramente estava de pé depois das dez horas da noite, e invariavelmente já tinha tomado o desjejum e saído quando eu me levantava de manhã. Às vezes passava o dia no laboratório de química, às vezes nas salas de dissecação, e eventualmente em longas caminhadas, que pareciam levá-lo ao submundo da cidade. Nada podia superar sua energia quando dominado pelo impulso de trabalhar; vez por outra, porém, uma reação tomava conta dele, e passava dias a fio deitado no sofá da sala de estar, mal pronunciando uma palavra ou movendo um músculo, da manhã à noite. Nessas ocasiões, eu notava uma expressão tão sonhadora e aérea em seus olhos que poderia ter desconfiado que era viciado em algum narcótico, se a temperança e a correção de toda a sua vida não proibissem semelhante ideia.

Com o passar das semanas, meu interesse por ele e minha curiosidade quanto a seus objetivos na vida foram se aprofundando e crescendo pouco a pouco. Sua pessoa e aparência, por sua vez, eram tais que chamavam a atenção do mais superficial observador. Tinha certamente mais de um metro e oitenta e dois de altura, mas era tão excessivamente magro que parecia ainda mais alto. Seus olhos eram vivos e penetrantes, salvo durante aqueles intervalos de torpor a que aludi; e seu nariz fino e aquilino dava ao conjunto de sua expressão um ar de alerta e determinação. Também o queixo, proeminente e quadrado, indicava o homem decidido. Embora suas mãos estivessem invariavelmente manchadas de tinta e produtos químicos, possuía extraordinária delicadeza de tato, como frequentemente tive oportunidade de observar ao vê-lo manipular seus frágeis instrumentos científicos.

O leitor pode me tomar por um incorrigível abelhudo quando confesso o quanto esse homem estimulava minha curiosidade, e quantas vezes tentei penetrar a reticência que ele mostrava com relação a tudo. Antes de emitir um julgamento, porém, que se lembre o quanto minha vida era sem objetivo e quão pouco havia para me prender a atenção. Meu estado de saúde impedia que eu me aventurasse fora de casa, a menos que o tempo estivesse excepcionalmente propício, e eu não tinha nenhum amigo que me visitasse e rompesse a monotonia de meu dia a dia. Saudei com avidez o pequeno mistério que envolvia meu companheiro e passava boa parte do meu tempo tentando desvendá-lo.

Holmes não estava estudando medicina. Ele próprio, em resposta a uma pergunta, confirmou a opinião de Stamford a esse respeito. Tampouco parecia ter seguido qualquer curso que pudesse habilitá-lo para um diploma em ciência ou qualquer outro portal reconhecido que lhe permitisse ingressar no mundo do saber. Apesar disso, seu entusiasmo por certos estudos era notável e, dentro de limites excêntricos, seu conhecimento era tão extraordinariamente vasto e minucioso que suas observações me deixavam justamente estarrecido. Certamente nenhum homem trabalharia com tanto afinco ou conseguiria informações tão precisas a menos que tivesse algum objetivo definido em vista. Leitores que pulam de um assunto a outro raramente se fazem notar pela exatidão de seu saber. Nenhum homem sobrecarrega sua mente com minúcias a menos que tenha uma razão muito boa para isso.

Sua ignorância era tão extraordinária quanto seu conhecimento. De literatura contemporânea, filosofia e política, parecia não saber praticamente nada. Quando lhe citei Thomas Carlyle, perguntou da maneira mais ingênua quem ele poderia ser e o que tinha feito. Minha surpresa chegou ao clímax, entretanto, quando descobri por acaso que ele ignorava a teoria copernicana e a composição do Sistema Solar. Que um ser humano civilizado neste século XIX não estivesse ciente de que a Terra gira em redor do Sol pareceu-me um fato que, de tão extraordinário, era quase inacreditável.

"Você parece espantado", disse ele, sorrindo diante de minha expressão de surpresa. "Agora que sei disso, farei o possível para esquecer."

"Esquecer!"

"Entenda", explicou ele, "considero que o cérebro de um homem é originalmente como um pequeno sótão vazio, que temos de encher com os móveis que escolhemos. Um tolo recolhe todo tipo de trastes com que depara, de modo que o conhecimento que lhe poderia ser útil fica atravancado, ou na melhor das hipóteses misturado com muitas outras coisas, de modo que ele tem dificuldade em localizá-lo. O trabalhador competente, porém, é muito cuidadoso com relação ao que leva para seu cérebro-sótão. Não guardará nada lá a não ser as ferramentas que possam ajudá-lo em seu trabalho, mas dessas tem grande sortimento, e todas na mais perfeita ordem. É um erro pensar que o quartinho tem paredes elásticas e pode se expandir até qualquer medida. Acredite que chega uma hora em que, para cada novo conhecimento, você esquece alguma coisa que sabia antes. É da maior importância, portanto, não ter fatos inúteis expulsando os úteis."

"Mas o Sistema Solar!" protestei.

"Que significa ele para mim?" interrompeu ele, impaciente. "Você diz que giramos em torno do Sol. Se girássemos em torno da Lua isso não faria a mínima diferença para mim ou para o meu trabalho."

Estive a ponto de lhe perguntar que trabalho podia ser esse, mas alguma coisa em seu jeito me mostrou que a pergunta não seria bem-vinda. Refleti sobre nossa curta conversa, entretanto, e esforcei-me por extrair dela minhas deduções. Ele disse que não adquiriria nenhum conhecimento que não tivesse relação com sua finalidade. Portanto, todos os conhecimentos que possuía eram de molde a lhe ser úteis. Enumerei em minha própria mente os pontos sobre os quais me mostrara ser excepcionalmente bem informado. Cheguei a pegar um lápis e anotá-los. Não pude deixar de sorrir quando concluí o documento. Ficou assim:

SHERLOCK HOLMES – SEUS LIMITES

1. Conhecimento de literatura. – Zero.
2. " " filosofia. – Zero.
3. " " astronomia. – Zero.
4. " " política. – Fraco.
5. " " botânica. – Variável. Versado em beladona, ópio e venenos em geral. Não sabe nada de jardinagem prática.
6. " " geologia. – Prático, mas limitado. Distingue diferentes tipos de solo num relance. Após caminhadas, mostrou-me salpicos em suas calças e me disse, com base em sua cor e consistência, em que parte de Londres os recebera.
7. " " Química. – Profundo.

8. " " Anatomia. – Preciso, mas assistemático.
9. " " Literatura sensacionalista. – Imenso. Parece saber cada detalhe de cada horror perpetrado no século.
10. Toca violino bem.
11. É perito em *singlestick*,* boxeador e espadachim.
12. Tem bom conhecimento prático do direito inglês.

Ao chegar a esse ponto em minha lista, atirei-a ao fogo, desalentado. "Se a única maneira de descobrir aonde esse sujeito quer chegar é combinando todos esses talentos e atinando com uma profissão que exija todos eles", disse a mim mesmo, "é melhor desistir agora mesmo."

Vejo que aludi acima a seus dons de violinista. Eram extraordinários, mas excêntricos como todos os seus outros talentos. Que era capaz de executar peças, e peças difíceis, eu sabia bem, porque a meu pedido tocara para mim alguns *Lieder* de Mendelssohn e outras de minhas favoritas. Por sua própria conta, no entanto, raramente produzia alguma música ou tentava uma ária reconhecível. Ao entardecer, recostado em sua poltrona, fechava os olhos e arranhava descuidadamente a rabeca atravessada sobre seu joelho. Por vezes os acordes eram sonoros e melancólicos. Ocasionalmente, eram extravagantes e alegres. Estava claro que refletiam os pensamentos que o dominavam, mas se a música ajudava esses pensamentos ou

* Pedaço fino de madeira, semelhante a uma bengala ou um sabre, usado para esgrimir. Criado no século XVI para a prática da esgrima, no século XVIII tornou-se um esporte autônomo.

"Ao entardecer, recostado em sua poltrona, fechava os olhos e arranhava descuidadamente a rabeca atravessada sobre seu joelho."
[Richard Gutschmidt, *Späte Rache*, Stuttgart: Robert Lutz Verlag, 1902]

se ele tocava por simples capricho ou veneta, é mais do que eu poderia decidir. Eu poderia ter me rebelado contra esses solos exasperantes, caso ele não costumasse encerrá-los tocando em rápida sucessão uma série completa de minhas árias favoritas como uma pequena recompensa pela provação a que submetera minha paciência.

Durante a primeira semana, aproximadamente, não recebemos visitas, e eu tinha começado a pensar que meu companheiro era um homem tão sem amigos como eu. Pouco depois, porém, descobri que ele tinha muitos conhecidos, e nas mais diferentes classes da sociedade. Havia um sujeitinho amarelado, com cara de rato e olhos escuros, que me foi apresentado como Mr. Lestrade, e que apareceu três ou quatro vezes numa única semana. Uma manhã, apareceu uma moça elegantemente vestida, que ficou por meia hora ou mais. A mesma tarde trouxe um visitante grisalho e andrajoso, parecendo um mascate judeu, que me deu a impressão de estar muito aflito e foi seguido de perto por uma mulher idosa e desmazelada. Em outra ocasião um cavalheiro de cabeça branca teve uma entrevista com meu companheiro; e em outra ainda um carregador de estrada de ferro em seu uniforme de belbutina. Quando qualquer desses indivíduos indefiníveis aparecia, Sherlock Holmes costumava pedir para usar a sala de estar,

"Descobri que ele tinha muitos conhecidos."
[C. Coulston, *Sherlock Holmes Series*, Nova York–Londres, Harper & Bros., 1904]

e eu me retirava para o meu quarto. Ele sempre pedia desculpas por me submeter a esse inconveniente. "Preciso usar esta sala para meus negócios", dizia, "e essas pessoas são meus clientes." Mais uma vez tive a oportunidade de lhe fazer uma pergunta sem rodeios, e mais uma vez minha delicadeza me impediu de forçar outro homem a confiar em mim. Imaginei na ocasião que ele tinha alguma razão forte para não aludir a isso, mas logo ele dissipou essa ideia abordando o assunto direta e espontaneamente.

Foi no dia 4 de março, como tenho boas razões para lembrar, que me levantei um pouco mais cedo que o usual e verifiquei que Sherlock Holmes ainda não terminara seu desjejum. A senhoria acostumara-se tanto a meus hábitos tardios que meu lugar não fora posto nem meu café preparado. Com a petulância irracional da humanidade, toquei a campainha e indiquei laconicamente que estava pronto. Em seguida peguei uma revista da mesa e tentei matar o tempo com ela enquanto meu companheiro mastigava silenciosamente sua torrada. Um dos artigos tinha uma marca a lápis no cabeçalho e, naturalmente, comecei a correr os olhos por ele.

Intitulado um tanto pretensiosamente "O livro da vida", tentava mostrar quanto um homem observador podia aprender mediante um exame preciso e sistemático de tudo com que deparasse. Deu-me a impressão de ser uma extraordinária mistura de sagacidade e absurdo. A argumentação era densa e intensa, mas as deduções me pareceram rebuscadas e exageradas. O autor afirmava que, por uma expressão momentânea, a contração de um músculo ou uma olhadela, podia penetrar os mais íntimos pensamentos de um homem. O engano, segundo ele, era uma impossibilidade no caso de alguém treinado na observação e na análise. Suas conclusões seriam tão infalíveis quanto proposições de Euclides. Os resultados por ele obtidos pareceriam tão surpreendentes aos não iniciados que, até que aprendessem os processos pelos quais ele os alcançara, poderiam de fato considerá-lo um necromante.

"De uma gota d'água", dizia o autor, "um lógico poderia inferir a possibilidade de um Atlântico ou um Niágara, sem ter visto ou ouvido falar de qualquer dos dois. Toda a vida é portanto uma grande corrente, cuja natureza é conhecida sempre que vislumbrarmos um único de seus elos. Como todas as outras artes, a Ciência da Dedução e Análise é tal que só pode ser adquirida mediante longo e paciente estudo, e a vida não é longa o bastante para permitir a um mortal atingir nela a máxima perfeição possível. Antes que se volte para aqueles aspectos morais e mentais da matéria que apresentam maior dificuldade, permita-se ao investigador começar dominando problemas mais elementares. Que aprenda, ao conhecer um semelhante, a distinguir num relance a história do homem, e o ofício ou profissão que exerce. Por pueril que possa parecer, esse exercício aguça as faculdades de observação e ensina para onde olhar e o que procurar. Pelas unhas de um homem, pela manga de seu paletó, por suas botinas, pelos joelhos de suas calças, pelas calosidades de seu dedo indicador e polegar, por sua expressão, pelos punhos da camisa – por cada uma dessas coisas a profissão de um homem é claramente revelada. Que tudo isso somado não chegue a iluminar o investigador competente é, em qualquer circunstância, quase inconcebível."

"Que indescritível tolice!" exclamei, batendo a revista na mesa. "Nunca li tanto disparate em minha vida."

"Do que se trata?" perguntou Sherlock Holmes.

"Ora, este artigo", disse eu, apontando-o com a colher do ovo ao me sentar para meu desjejum. "Vejo que o leu, pois o assinalou. Não nego que foi escrito com inteligência. Mas me irrita. É evidentemente a teoria de algum ocioso que desenvolve todos esses elegantes pequenos paradoxos no isolamento de seu próprio gabinete. Isso não é prático. Eu gostaria de vê-lo enfiado num vagão de terceira classe do metrô, e solicitado a descobrir os ofícios de todos os seus companheiros de viagem. Apostaria mil por um contra ele."

"Perderia o seu dinheiro", observou Sherlock Holmes calmamente. "Quanto ao artigo, eu mesmo o escrevi."

"Você!"

"Sim, tenho um pendor tanto para a observação como para a dedução. As teorias que expressei ali, e que lhe parecem tão quiméricas, são na verdade extremamente práticas — tão práticas que dependo delas para minha subsistência."

"Mas como?"

"Bem, tenho uma profissão. Suponho que sou o único no mundo a exercê-la. Sou um detetive consultor, se é capaz de entender o que é isso. Aqui em Londres temos um punhado de detetives do governo e detetives privados. Quando esses sujeitos se veem numa enrascada, eles me procuram, e consigo pô-los na pista certa. Eles me expõem todas as evidências, e em geral sou capaz, com a ajuda de meu conhecimento da história do crime, de corrigir seus erros. Há uma forte semelhança de família entre os delitos, e se você tem todos os detalhes de um milhar deles na ponta dos dedos, seria estranho que não conseguisse desvendar o milésimo primeiro. Lestrade é um detetive muito conhecido. Ele se confundiu recentemente com um caso de falsificação, e foi isso que o trouxe aqui."

"E essas outras pessoas?"

"Em sua maioria elas me são enviadas por agências privadas de investigação. Todas estão em apuros por alguma razão, e querem algum esclarecimento. Ouço suas histórias, elas ouvem meus comentários, e depois eu embolso meu pagamento."

"Está querendo dizer", disse eu, "que sem deixar sua sala você consegue desatar um nó que outros homens são incapazes de deslindar, embora tenham visto todos os detalhes por si mesmos?"

"Exatamente. Tenho uma espécie de intuição para isso. Volta e meia me aparece um problema um pouco mais complexo. Nesse caso tenho de me pôr em movimento e ver as coisas com meus próprios olhos. Sabe, tenho muitos conhecimentos especiais que aplico ao problema e que facilitam enormemente as coisas. Essas regras de dedução expostas nesse artigo que suscitou seu desdém são inestimáveis no meu trabalho prático. A observação é minha segunda natureza. Você pareceu surpreso quando eu lhe disse, em nosso primeiro encontro, que você tinha vindo do Afeganistão."

"Alguém lhe contou, sem dúvida."

"Nada disso. Eu *sabia* que você vinha do Afeganistão. Por força de um hábito antigo, o encadeamento de ideias correu tão depressa pela minha mente que cheguei à conclusão sem ter consciência dos passos intermediários. Esses passos existiram, contudo. O encadeamento de ideias foi: 'Aqui está um homem com jeito de médico, mas com ar de militar. Claramente um médico do Exército, portanto. Acaba de chegar dos trópicos, pois seu rosto está escuro, e essa não é a tonalidade natural de sua face, pois seus punhos são claros. Ele passou por penúrias e doenças, como seu rosto abatido revela claramente. Foi ferido no braço esquerdo, pois o mantém numa posição rígida e pouco natural. Onde nos trópicos um médico do Exército poderia ter encontrado tantas privações e sido ferido no braço? Claramente no Afeganistão.' Todo o encadeamento de ideias não demandou um segundo. Comentei então que você vinha do Afeganistão e o deixei pasmo."

"É muito simples quando você explica", disse eu, sorrindo. "Você me lembra Dupin de Edgar Allan Poe. Nunca pensei que existissem pessoas assim na vida real."

Sherlock Holmes levantou-se e acendeu seu cachimbo. "Sem dúvida acha que está me elogiando ao me comparar com Dupin", observou. "Em minha opinião, porém, Dupin era um sujeito muito inferior. Aquele truque de se intrometer nos pensamentos com um comentário oportuno depois de um quarto de hora de silêncio é por demais aparatoso e superficial. Ele tinha algum talento analítico, sem dúvida; mas não era de maneira alguma o fenômeno que Poe parecia imaginar."

"Leu as obras de Gaboriau?" perguntei. "Lecoq corresponde à sua ideia de um detetive?"

Sherlock Holmes torceu o nariz, sardônico. "Lecoq era um pobre trapalhão", disse num tom irritado; "só tinha uma qualidade, sua energia. Aquele livro me deixou realmente infeliz. A questão era como identificar um prisioneiro desconhecido. Eu poderia ter feito isso em vinte e quatro horas. Lecoq levou uns seis meses. Aquilo poderia ser usado como um manual para ensinar a detetives o que evitar."

Senti-me indignado por ver dois personagens que admirara tratados com tamanho desdém. Fui até a janela e pus-me a contemplar a rua movimentada. "Esse sujeito pode ser inteligente", disse a mim mesmo, "mas é sem dúvida muito convencido."

"Não há crimes nem criminosos hoje em dia", disse ele, em tom de queixa. "De que adianta ter cérebro em nossa profissão? Sei muito bem que tenho condições de tornar meu nome famoso. Não há nem nunca houve um homem que trouxesse para a detecção do crime a mesma quantidade de estudo e talento natural que eu trouxe. E qual foi o resultado? Não há crime a detectar, ou, no máximo, alguma vilania tosca, com um motivo tão transparente que até um funcionário da Scotland Yard consegue resolvê-la."

Eu continuava aborrecido com seu estilo arrogante de conversa. Pensei que o melhor era mudar de assunto.

"Que estaria aquele sujeito procurando?" perguntei, apontando para um indivíduo robusto e vestido com simplicidade, que caminhava devagar do outro lado da rua, olhando para os números com ansiedade. Tinha na mão um grande envelope azul e era evidentemente o portador de uma mensagem.

"Você se refere ao sargento reformado dos Fuzileiros Navais", disse Sherlock Holmes.

"Quanta gabolice!" pensei com meus botões. "Ele sabe que não posso verificar sua suposição."

Esse pensamento mal passara pela minha cabeça quando o homem que observávamos avistou o número sobre nossa porta e atravessou a rua correndo. Ouvimos uma batida forte, uma voz grave lá embaixo e passos pesados subindo a escada.

"Para Mr. Sherlock Holmes", disse ele, entrando na sala e entregando a carta ao meu amigo.

Ali estava uma oportunidade de pôr fim à sua presunção. Ele nem sonhara com isso ao fazer sua adivinhação aleatória. "Posso lhe perguntar, meu rapaz", disse eu, com a mais branda das vozes, "qual seria o seu ofício?"

"Mensageiro, senhor", disse ele, bruscamente. "Meu uniforme está no conserto."

"E antes era?" perguntei, olhando com uma ponta de malícia para meu companheiro.

"Sargento, senhor, Infantaria Ligeira dos Reais Fuzileiros Navais, senhor. Nenhuma resposta? Certo, senhor."

Bateu os calcanhares, continência e saiu.

III. O MISTÉRIO DE LAURISTON GARDEN

CONFESSO QUE FIQUEI muito surpreso com essa nova prova da natureza prática das teorias de meu companheiro. Meu respeito por sua capacidade de análise aumentou consideravelmente. Ainda restou uma desconfiança latente em meu espírito, todavia, de que tudo aquilo fosse um episódio previamente combinado, destinado a me deslumbrar, embora com que objetivo haveria ele de querer me enganar estivesse além de minha compreensão. Quando olhei para ele, terminara de ler o bilhete e seus olhos haviam assumido a expressão vazia, sem brilho, que indicava alheamento.

"Como diabos você deduziu isso?" perguntei.

"Deduzi o quê?" retrucou com petulância.

"Ora, que o homem era um sargento reformado dos Fuzileiros Navais."

"Não tenho tempo para ninharias", respondeu bruscamente; em seguida, com um sorriso, "Desculpe minha rudeza. Você cortou o fio de meus pensamentos; mas talvez seja melhor assim. Então não conseguiu mesmo ver que aquele homem era um sargento dos Fuzileiros Navais?"

"Não, realmente."

"Foi mais fácil perceber isso do que será explicar como o fiz. Se lhe pedissem para provar que dois mais dois são quatro, talvez tivesse alguma dificuldade, embora não tenha nenhuma dúvida quanto ao fato. Quando o sujeito ainda estava do outro lado da rua, pude ver uma grande âncora azul tatuada no dorso da sua mão. Senti cheiro de mar. Ele tinha um porte militar, porém, e as costumeiras suíças. Temos aí o fuzileiro naval. Era um homem com certo grau de presunção e certo ar de autoridade. Deve ter observado a maneira como sustentava a cabeça e brandia a bengala. Além disso, a julgar pelas aparências, um homem de meia-idade, equilibrado e respeitável — fatos que, juntos, me levaram a acreditar que tinha sido sargento."

"Maravilhoso!" exclamei.

"Banal", disse Holmes, embora tenha me parecido por sua expressão que estava satisfeito com minha evidente surpresa e admiração. "Disse há pouco que não havia criminosos. Parece que estou errado — veja isto!" Jogou-me o papel que o mensageiro trouxera.

"Meu Deus", exclamei ao correr os olhos por ele, "isto é terrível!"

"Parece ser um pouco fora do comum", observou ele calmamente. "Poderia ler isso para mim em voz alta?"

Esta foi a carta que li para ele —

CARO MR. SHERLOCK HOLMES,

Ocorreu um grave incidente durante a noite em Lauriston Gardens, nº 3, perto de Brixton Road. Nosso homem de ronda viu luz ali por volta das duas da manhã, e, como a casa estava vazia, desconfiou que havia algo errado. Encontrou a porta aberta e, na sala da frente, sem mobília, descobriu o corpo de um cavalheiro bem-vestido que tinha no bolso cartões com o nome de "Enoch J. Drebber, Cleveland, Ohio, EUA". Não houvera roubo e tampouco há sinais de como o homem morreu. Há marcas de sangue na sala, mas nenhum ferimento em sua pessoa. Não temos ideia de como ele entrou na casa vazia; de fato, o caso todo é um enigma. Se o senhor for até a casa a qualquer hora antes do meio-dia, me encontrará lá. Deixei tudo *in statu quo** até ter notícias suas. Se não puder vir, eu lhe enviarei mais detalhes; seria uma grande gentileza de sua parte amparar-me com sua opinião.

Cordialmente,

TOBIAS GREGSON

"Gregson é o homem mais astuto da Scotland Yard", observou meu amigo; "ele e Lestrade são a nata de um bando de incompetentes. São ambos rápidos e vigorosos, mas convencionais — escandalosamente convencionais. Além disso, têm aversão um pelo outro. E são ciumentos como um par de beldades profissionais. Esse caso será divertido se ambos estiverem na pista."

Fiquei espantado com a calma com que divagava. "Certamente não há um minuto a perder", exclamei; "devo ir chamar um fiacre para você?"

"Não sei ao certo se irei. Sou o mais incurável preguiçoso que já pisou a face da Terra – isto é, quando estou de veneta, porque posso ser bastante ágil de vez em quando."

* A expressão latina, de uso corriqueiro, significa "no estado vigente ou atual".

"Mas essa é exatamente a oportunidade que você vinha esperando!"

"Meu caro amigo, que diferença faz para mim? Supondo-se que eu deslinde todo o caso, pode ter certeza de que Gregson, Lestrade & Cia. embolsarão todo o mérito. É no que dá não ser um personagem oficial."

"Mas ele lhe pede que o ajude."

"Sim. Sabe que lhe sou superior e reconhece isso para mim; mas cortaria sua língua fora antes de admiti-lo para mais alguém. Mesmo assim, podemos ir dar uma olhada. Resolverei as coisas por minha própria conta. Posso rir deles, se não conseguir mais nada. Vamos!"

Enfiou às pressas o sobretudo, andando alvoroçado para cá e para lá, de uma maneira que mostrava que um acesso de energia suplantara a apatia de antes.

"Pegue o seu chapéu", disse-me.

"Quer que eu vá junto?"

"Quero, se não tiver coisa melhor a fazer." Um minuto mais tarde estávamos ambos num *hansom*, rumando a toda para a Brixton Road.

Era uma manhã enevoada, nublada, e um véu pardacento pairava sobre os telhados, parecendo o reflexo das ruas cor de lama. Meu companheiro, animadíssimo, discorria sobre violinos de Cremona e a diferença entre um Stradivarius e um Amati. Quanto a mim, estava silencioso, porque o tempo feio e o caso melancólico em que estávamos envolvidos me deprimiam.

"Não parece estar muito preocupado com o assunto de que vamos tratar", disse eu por fim, interrompendo a peroração musical de Holmes.

"Ainda não temos dados", respondeu ele. "É um erro capital teorizar antes de termos todas as evidências. Distorce o julgamento."

"Terá todos os seus dados logo, logo", observei, apontando; "se não me engano, esta é a Brixton Road e aquela é a casa."

"Isso mesmo. Pare, cocheiro, pare!" Ainda estávamos a cerca de cem metros dela, mas ele insistiu em descer, e terminamos o trajeto a pé.

O nº 3 de Lauriston Gardens tinha um aspecto agourento e ameaçador. Era uma de quatro casas que ficavam um pouco recuadas em relação à rua, duas estando ocupadas e duas vazias. A última olhava para fora com três renques de melancólicas janelas vazias, desoladas e lúgubres, exceto porque aqui e ali um cartaz de "Aluga-se" surgia como uma catarata sobre as vidraças embaçadas. Um jardinzinho salpicado com erupções dispersas de plantas maltratadas separava cada uma dessas casas da rua e era atravessado por uma trilha estreita e amarelada, consistindo aparentemente numa mistura de argila e cascalho. Todo o lugar estava muito enlameado por causa da chuva que caíra a noite inteira. O jardim era limitado por um muro de tijolos de noventa centímetros de altura encimado por uma grade de madeira, e contra esse muro apoiava-se um robusto policial, cercado por um grupinho de desocupados que esticavam o pescoço e apertavam os olhos na vã esperança de entrever o que acontecia lá dentro.

Eu imaginara que Sherlock Holmes entraria imediatamente na casa e mergulharia no estudo do mistério. Nada parecia mais longe de sua intenção. Com um ar despreocupado que, naquelas circunstâncias, pareceu-me beirar a afetação, ficou andando indolentemente de um lado para outro na calçada, lançando olhares distraídos para o chão, o céu, as casas do outro lado da rua e a linha de grades. Terminado o escrutínio, pôs-se a andar devagar pela trilha, ou melhor, pela orla de grama que a flanqueava, os olhos fixos no chão. Parou duas vezes, e numa delas eu o vi sorrir enquanto soltava uma exclamação de prazer. Havia diversas pegadas no solo argiloso molhado; mas como a polícia estivera zanzando por ali, não consegui atinar como meu companheiro podia esperar descobrir alguma coisa nele. Ainda assim, eu tivera provas tão extraordinárias da agudeza de suas faculdades perceptivas que não tinha dúvida de que ele podia ver muitas coisas ocultas para mim.

À porta da casa, fomos recebidos por um homem alto e louro, de rosto branco, com uma caderneta na mão, que se precipitou para o meu companheiro e lhe apertou a mão com efusão. "Foi realmente muita bondade sua ter vindo", disse. "Deixei tudo intacto."

"Exceto isso", respondeu meu amigo, apontando para a trilha. "Se uma manada de búfalos tivesse passado por ali não haveria maior mixórdia. Mas sem dúvida você tirou suas próprias conclusões, Gregson, antes de permitir isso."

"Tive tanto a fazer dentro da casa", disse evasivamente o detetive. "Meu colega, Mr. Lestrade, está aqui. Esperava que ele tivesse cuidado disso."

Holmes lançou-me um olhar e ergueu as sobrancelhas sardonicamente. "Com dois homens como os senhores no terreno, não haverá muito para um terceiro descobrir", disse.

Gregson esfregou as mãos, satisfeito. "Acho que fizemos tudo que podia ser feito", respondeu; "mas é um caso esquisito, e conheço seu gosto por essas coisas."

"Você não veio para cá de fiacre?" perguntou Sherlock Holmes.

"Não, senhor."

"Nem Lestrade?"

"Não, senhor."

"Então vamos dar uma olhada na sala." E, com essa observação inconsequente, entrou na casa, seguido por Gregson, cujo semblante expressava seu espanto.

Um corredor curto e empoeirado, forrado de tábuas nuas, levava à cozinha e às dependências de serviço. Duas portas abriam-se nele para a direita e a esquerda. Uma delas havia estado obviamente fechada por muitas semanas. A outra pertencia à sala de jantar, o aposento em que o misterioso incidente ocorrera. Holmes entrou, e eu o segui, sentindo no peito aquela opressão que a presença da morte inspira.

Era uma sala grande e quadrada, que parecia ainda maior em razão da ausência de qualquer mobília. Um papel vistoso e vulgar adornava as paredes, mas tinha manchas de mofo em vários lugares e, aqui e ali, grandes tiras haviam se despregado e pendiam, expondo o reboco amarelo. Em frente à porta havia uma lareira espalhafatosa, encimada por um aparador que imitava mármore branco. Num canto deste via-se uma vela de cera vermelha. A janela solitária estava tão suja que a luminosidade era tênue e difusa, conferindo a tudo uma cor cinzenta e fosca, o que era intensificado pela grossa camada de poeira que forrava todo o aposento.

Só depois observei todos esses detalhes. No primeiro instante minha atenção concentrou-se na única e soturna figura que jazia imóvel, estendida sobre as tábuas, olhos vazios e cegos fixados no teto descorado. Era de um homem de cerca de quarenta e três ou quarenta e quatro anos, com cabelo preto anelado e uma barbicha espetada. Vestia uma pesada sobrecasaca de casimira e colete, com calças claras e colarinho e punhos imaculados. A seu lado, no assoalho, via-se uma cartola, bem escovada e elegante. Tinha as mãos cerradas e os braços abertos, ao passo que as pernas estavam entrelaçadas, como se tivesse enfrentado uma dolorosa luta com a morte. Em seu semblante rígido havia uma expressão de horror, e, segundo me pareceu, de ódio, como eu nunca vira em traços humanos. Esse esgar maligno e terrível, combinado com a testa baixa, o nariz grosso e o queixo saliente davam ao morto uma aparência singularmente simiesca, reforçada por sua postura contorcida, antinatural. Vi a morte sob muitas formas, mas ela nunca me apareceu sob um aspecto mais temível que naquela sala escura e enfarruscada, que dava para uma das principais artérias da Londres suburbana.

Lestrade, magro e com a cara de doninha de sempre, estava junto à porta e cumprimentou a meu companheiro e a mim.

"Este caso vai causar sensação, senhor", comentou. "Supera qualquer coisa que eu já tenha visto, e não sou nenhum frangote."

"Não há nenhuma pista!" disse Gregson.

"Absolutamente nenhuma", concordou Lestrade.

"Minha atenção concentrou-se na única e soturna figura que jazia imóvel, estendida sobre as tábuas."
[Richard Gutschmidt, *Späte Rache*, Stuttgart, Robert Lutz Verlag, 1902]

Sherlock Holmes aproximou-se do corpo e, ajoelhando-se, examinou-o atentamente. "Têm certeza de que não há nenhum ferimento?" perguntou, apontando para as muitas gotas e salpicos de sangue espalhados por toda parte.

"Completa!" exclamaram ambos os detetives.

"Então, é claro, esse sangue pertence a um segundo indivíduo — presumivelmente o assassino, se é que houve assassinato. Isto me lembra as circunstâncias da morte de Van Jansen, em Utrecht, em 1834. Lembra-se do caso, Gregson?"

"Não, senhor."

"Leia-o... realmente deve lê-lo. Não há nada de novo sob o sol. Tudo foi feito antes."

Enquanto falava, seus dedos ágeis voejavam daqui para ali e por toda parte, apalpando, apertando, desabotoando e examinando, enquanto seus olhos tinham a mesma expressão distraída que eu já observara. O exame foi tão rápido que dificilmente se teria adivinhado a minúcia com que foi conduzido. Por fim, ele cheirou os lábios do morto e depois examinou as solas de suas botinas de verniz.

"Não mexeram nele de maneira alguma?" perguntou.

"Não mais que o necessário para os fins de nosso exame."

"Podem levá-lo para o necrotério agora", disse. "Não há mais nada a apurar."

Gregson tinha uma padiola e quatro homens à espera. A seu chamado eles entraram na sala e o estranho foi erguido e levado embora. Quando o levantaram, um anel caiu, tilintando, e rolou pelo assoalho. Lestrade o agarrou e lançou-lhe um olhar perplexo.

"Uma mulher esteve aqui", exclamou. "É uma aliança de mulher."

Enquanto falava, exibiu-a na palma da mão. Reunimo-nos à sua volta e a observamos atentamente. Não poderia haver nenhuma dúvida de que o simples aro de ouro adornara antes o dedo de uma noiva.

"Isto complica as coisas", disse Gregson. "E Deus sabe que elas já estavam suficientemente complicadas."

"Tem certeza de que não as simplifica?" observou Holmes. "Mas não vamos descobrir nada contemplando-a. O que encontrou nos bolsos dele?"

"Está tudo aqui", disse Gregson, apontando um punhado de objetos sobre um dos degraus inferiores da escada. "Um relógio de ouro, nº 97163, de Barraud, de Londres. Corrente de ouro Albert, bem pesada e sólida. Anel de ouro, com emblema maçônico. Alfinete de ouro — cabeça de buldogue com rubis como olhos. Carteira de couro para cartões, com cartões de Enoch J. Drebber de Cleveland, correspondendo às iniciais E.J.D. na roupa de baixo. Nenhuma carteira, mas um dinheiro solto no total de sete libras e treze xelins. Uma edição de bolso do *Decameron* de Boccaccio com o nome de Joseph Stangerson na guarda. Duas cartas... uma endereçada a E.J. Drebber e uma a Joseph Stangerson."

"Em que endereço?"

"American Exchange, no Strand — a serem deixadas até que fossem reclamadas. Ambas são da Guion Steamship Company e referem-se à partida de seus navios de Liverpool. Está claro que esse pobre-diabo estava prestes a voltar para Nova York."

"Fez alguma investigação a respeito desse Stangerson?"

"Fiz isso imediatamente, senhor", disse Gregson. "Mandei enviar um anúncio para todos os jornais, e um de meus homens foi ao American Exchange, mas ainda não voltou."

"Enviou o anúncio para Cleveland?"

"Telegrafamos esta manhã."

"Como formulou suas indagações?"

"Simplesmente detalhamos as circunstâncias e dissemos que ficaríamos gratos por qualquer informação que pudesse nos ajudar."

"Não pediu pormenores sobre nenhum ponto que lhe parecesse crucial?"

"Perguntei sobre Stangerson."

"Nada mais? Não há nenhuma circunstância de que todo este caso pareça depender? Não vai telegrafar de novo?"

"Eu disse tudo que tinha para dizer", respondeu Gregson num tom ofendido.

Sherlock Holmes deu uma risadinha para si mesmo e parecia estar prestes a fazer um comentário quando Lestrade, que estivera na sala da frente enquanto mantínhamos essa conversa no saguão, reapareceu em cena, esfregando as mãos de maneira pomposa e presumida.

"Mr. Gregson", disse, "acabo de fazer uma descoberta da maior importância, algo que teria passado despercebido se eu não tivesse feito um exame cuidadoso das paredes."

Os olhos do homenzinho faiscavam enquanto ele falava, e era evidente que mal continha seu júbilo por ter marcado um tento contra o colega.

"Venham cá", disse, voltando alvoroçadamente para a sala, cuja atmosfera parecia mais desanuviada desde a remoção de seu macabro ocupante. "Fiquem ali!"

Riscou um fósforo na bota e o segurou junto à parede.

"Vejam isto!" disse, triunfante.

Eu notara que o papel havia caído em vários lugares. Nesse canto particular da sala, um grande pedaço descascara, deixando um quadrado amarelo de reboco áspero. Nesse espaço nu, via-se uma única palavra garatujada em letras vermelho-sangue:

RACHE

"Que acham disso?" exclamou o detetive, com o ar de um empresário a exibir seu espetáculo. "Passou despercebido porque estava no lado mais escuro da sala, e ninguém pensou em olhar ali. O assassino escreveu isso com seu próprio sangue. Vejam esta mancha onde ele escorreu pela parede! De qualquer maneira, isso afasta a possibilidade de suicídio. Por que escolher esse canto? Eu lhes direi. Vejam aquela vela no aparador. Ela estava acesa no momento, e nesse caso esse canto seria a parte mais iluminada, não a mais escura da parede."

"E o que significa isso, agora que *você* o encontrou?" perguntou Gregson num tom desdenhoso.

"Significa? Ora, significa que a pessoa ia escrever o nome feminino Rachel, mas foi interrompida antes de ter tempo para terminar. Tomem nota das minhas palavras: quando este caso for esclarecido, verão que uma mulher chamada Rachel tem alguma coisa a ver com ele. Pode rir à vontade, Mr. Sherlock Holmes. Pode ser muito sagaz e inteligente, mas no fim das contas é o velho cão de caça que se sai melhor."

"Peço sinceramente que me desculpe!" respondeu meu companheiro, que agastara o homenzinho com um acesso de riso. "Você certamente tem o mérito de ter sido o primeiro a descobrir isso, que, como diz, foi escrito, segundo todos os indícios, pelo outro participante do mistério de ontem à noite. Ainda não tive tempo para examinar esta sala, mas, com sua permissão, é o que farei agora mesmo."

Enquanto falava, sacou de repente do bolso uma fita métrica e uma grande lupa redonda. Com esses dois implementos, caminhou em silêncio pela sala, por vezes parando, ocasionalmente ajoelhando-se e uma vez deitando-se de bruços. Ficou tão absorto em sua ocupação que parecia ter esquecido nossa presença, pois falava baixinho consigo mesmo o tempo todo, numa sucessão ininterrupta de exclamações, gemidos, assobios e pequenos gritos sugestivos de estímulo e de esperança. Enquanto o observava, pensei inevitavelmente em um foxhound puro-sangue e bem treinado que avança e recua pela coutada, ganindo de ansiedade, até deparar com o rastro perdido. Durante vinte minutos ou mais ele continuou suas investigações, medindo com a máxima exatidão a distância entre marcas totalmente invisíveis para mim, e volta e meia aplicando sua fita métrica à parede de uma maneira igualmente incompreensível. Num certo lugar, colheu com muito cuidado um montinho de pó cinzento do assoalho e guardou-o num envelope. Por fim, examinou com sua lente a palavra escrita na parede, detendo-se em cada letra com o mais minucioso rigor. Isso feito, pareceu satisfeito, pois voltou a enfiar a fita e a lupa no bolso.

"Dizem que gênio é uma capacidade infinita de se esforçar", observou com um sorriso. "É uma definição muito ruim, mas aplica-se ao trabalho de detetive."

Gregson e Lestrade haviam observado as manobras de seu companheiro amador com considerável curiosidade e algum desdém. Evidentemente não compreendiam o fato, que eu começava a perceber, de que as menores ações de Sherlock Holmes eram dirigidas para um fim definido e prático.

"Examinou com sua lente a palavra escrita na parede, detendo-se em cada letra com o mais minucioso rigor."
[D.H. Friston, *Beeton's Christmas Annual*, 1887]

"Que acha disso, senhor?" perguntaram ambos.

"Eu estaria lhes roubando o mérito do caso se me atrevesse a ajudá-los", observou meu amigo. "Vocês estão se saindo tão bem que seria uma pena que alguém interferisse." Havia um mundo de sarcasmo em sua voz. "Se me mantiverem a par de suas investigações", continuou ele, "ficarei feliz em lhes dar toda ajuda que puder. Nesse meio-tempo, gostaria de falar com o policial que encontrou o corpo. Podem me dar seu nome e endereço?"

Lestrade deu uma olhada em sua caderneta. "John Rance", disse. "Está de folga agora. O senhor o encontrará em Audley Court nº 46, Kennington Park Gate."

Holmes tomou nota do endereço.

“Vamos, doutor”, disse-me, “vamos lhe fazer uma visita. Vou lhes dizer uma coisa que pode lhes ser útil no caso”, continuou, virando-se para os dois detetives. “Um assassinato foi cometido, e o assassino foi um homem. Ele tinha mais de um metro e oitenta de altura, estava na flor da idade, usava botinas grosseiras de bico quadrado e fumava um charuto Trichinopoli. Veio para cá com sua vítima num fiacre de quatro rodas, puxado por um cavalo com três ferraduras velhas e uma nova na pata dianteira direita. Com toda probabilidade, o assassino tinha um rosto corado e unhas notavelmente compridas na mão direita. Estas são apenas algumas indicações, mas podem ajudá-los.”

Lestrade e Gregson entreolharam-se com um sorriso incrédulo.

“Se esse homem foi assassinado, como isso foi feito?” perguntou o primeiro.

“Veneno”, respondeu Sherlock Holmes laconicamente e foi saindo. “Mais uma coisa, Lestrade”, disse dando meia-volta junto à porta: “*Rache* é ‘vingança’ em alemão; por isso, não perca seu tempo procurando Miss Rachel.”

Com esse arremesso parto,* retirou-se, deixando atrás de si os dois rivais boquiabertos.

* Reza a lenda que os partas, antiga raça persa, costumavam se virar ao contrário na sela para flechar um perseguidor.

IV. O QUE JOHN RANCE TINHA A DIZER

ERA UMA HORA quando deixamos o nº 3 de Lauriston Gardens. Sherlock Holmes levou-me até a agência telegráfica mais próxima, de onde enviou um longo telegrama. Em seguida chamou um fiacre e ordenou ao cocheiro que nos levasse ao endereço dado por Lestrade.

"Não há nada como indícios em primeira mão", comentou; "na verdade, minha opinião sobre o caso está inteiramente formada, mas isso não nos impede de apurar o que há para ser apurado."

"Você me espanta, Holmes", disse eu. "Certamente não está tão seguro quanto aparenta acerca de todos aqueles detalhes que mencionou."

"Não há nenhuma margem para erro", respondeu ele. "Logo a primeira coisa que observei ao chegar lá foi que um fiacre havia feito dois sulcos com suas rodas junto ao meio-fio. Ora, até ontem à noite, não tínhamos tido nenhuma chuva por uma semana, portanto aquelas rodas que deixaram marca tão profunda deviam ter estacionado durante a noite. Havia as marcas das patas do cavalo, também, e o contorno de uma era muito mais bem delineado que o das outras três, mostrando que se tratava de uma ferradura nova. Como o coche esteve ali depois que a chuva começou, e não esteve ali em momento algum durante a manhã — Gregson me garantiu isso —, segue-se que deve ter estado ali durante a noite, e, portanto, que levou aqueles dois indivíduos até a casa."

"Isso parece bastante simples", disse eu; "mas e quanto à altura do outro homem?"

"Ora, em nove entre dez casos a altura de um homem pode ser determinada pelo comprimento de seu passo. É um cálculo razoavelmente simples, embora seja inútil eu aborrecê-lo com números. Eu tinha o passo desse sujeito tanto na argila fora da casa como na poeira, dentro. Depois tive uma maneira de verificar meu cálculo. Quando um homem escreve numa parede, seu instinto o leva a fazê-lo acima do nível de seus olhos. Ora, aquela palavra está a pouco mais de um metro e oitenta do chão. Foi uma brincadeira de criança."

"E sua idade?" perguntei.

"Bem, um homem capaz de dar passadas de um metro e trinta sem o menor esforço não pode ser um velhinho. Essa era a largura de uma poça no caminho do jardim que ele havia evidentemente transposto. As botinas de verniz a haviam contornado, as de bico quadrado tinham saltado. Não há nenhum mistério em tudo isso. Estou simplesmente aplicando à vida comum alguns daqueles preceitos de observação e dedução que defendi naquele artigo. Há mais alguma coisa que o intrigue?"

"As unhas e o Trichinopoli", sugeri.

"A palavra na parede foi escrita com um dedo indicador masculino molhado em sangue. Minha lupa permitiu-me observar que, ao fazê-lo, o homem arranhou ligeiramente o reboco, o que não teria acontecido se sua unha estivesse aparada. Colhi algumas cinzas espalhadas pelo assoalho. Eram escuras e flocosas... só um Trichinopoli produz cinzas assim. Fiz um estudo especial sobre cinzas de charuto... de fato, escrevi uma monografia sobre o assunto. Gabo-me de ser capaz de distinguir num relance a cinza de qualquer marca conhecida, seja de charuto ou tabaco. É exatamente em detalhes desse tipo que o detetive competente difere do gênero representado por Gregson e Lestrade.

"E o rosto corado?" perguntei.

"Ah, aquele foi um palpite mais ousado, embora eu não tenha dúvida de que estava certo. Não deve me perguntar isso na fase atual do caso."

Passei a mão na testa. "Minha cabeça está girando", observei; "quanto mais se pensa sobre isso, mais misterioso fica. Por que esses dois homens — se é que eram dois homens — entraram numa casa vazia? Que foi feito do cocheiro que os levou? Como pôde um homem obrigar outro a tomar veneno? De onde veio o sangue? Qual era o objetivo do assassinato, já que não envolveu roubo? Como a aliança de mulher foi parar ali? Acima de tudo, por que o segundo homem haveria de escrever a palavra alemã RACHE antes de se safar? Confesso não ver nenhuma maneira possível de conciliar todos esses fatos."

Meu companheiro abriu um sorriso aprovador.

"Você resumiu as dificuldades da situação clara e sucintamente", disse. "Muita coisa ainda está obscura, embora eu já tenha uma opinião inteiramente formada sobre os fatos principais. Quanto à descoberta do pobre Lestrade, aquilo foi simplesmente um ardil destinado a despistar a polícia, sugerindo socialismo e sociedades secretas. Não foi feito por um alemão. O A, se você notou, estava grafado um pouco à maneira alemã. Ora, como um verdadeiro alemão usa invariavelmente os caracteres latinos para escrever em letra de forma, podemos dizer com segurança que a palavra não foi escrita por um, mas por um imitador canhestro que se excedeu no seu papel. É um mero estratagema para desviar a investigação para um canal errado. Não lhe direi muito mais sobre o caso, doutor. Como sabe, um mágico perde todo o crédito depois que explica seu truque, e se eu lhe mostrar demais do meu método de trabalho, chegará à conclusão de que, afinal, não passo de um sujeito muito comum."

"Nunca", respondi; "ninguém tornará a detecção tão próxima de uma ciência exata como você o fez."

Meu companheiro corou de prazer ante as minhas palavras e a maneira sincera como eu as pronunciara. Eu já observara que era tão sensível à lisonja a respeito de sua arte quanto uma moça podia ser de sua beleza.

"Vou lhe dizer mais uma coisa", disse ele. "Verniz e Bico-Quadrado vieram no mesmo fiacre, e percorreram o caminho juntos, tão amigavelmente quanto possível — muito provavelmente de braços dados. Depois de entrar, andaram de um lado para outro na sala — ou melhor, Verniz ficou parado, enquanto Bico-Quadrado andava para lá e para cá. Pude ver tudo isso na poeira; e pude ver que, à medida que andava, ficava cada vez mais alvoroçado. Isso é revelado pelo tamanho crescente de seus passos. Ele falava sem parar, e ficava sem dúvida cada vez mais furioso. Então a tragédia aconteceu. Agora eu lhe contei tudo que sei, pois o resto é mera suposição e conjectura. Mas temos uma boa base para começar a trabalhar. Devemos nos apressar, porque quero ir ao concerto de Hallé ouvir Norman-Neruda esta tarde."

Essa conversa ocorrera enquanto nosso fiacre enveredava por uma longa sucessão de ruas sujas e travessas lúgubres. Na mais suja e lúgubre delas, nosso cocheiro parou de repente. "Audley Court é ali", disse, apontando para uma fenda estreita na linha de tijolos foscos. "Os senhores me encontrarão aqui quando voltarem."

Audley Court não era um lugar atraente. A passagem estreita nos levou para um quadrilátero lajeado e cercado por casas sórdidas. Passando por entre grupos de crianças encardidas e varais com roupas desbotadas, chegamos ao nº 46, cuja porta era decorada com uma plaquinha de latão com o nome Rance gravado. Perguntando, fomos informados de que o policial estava deitado e introduzidos numa saleta para esperá-lo.

"A porta era decorada com uma plaquinha de latão com o nome Rance gravado." [Richard Gutschmidt, *Späte Rache*, Stuttgart, Lutz Verlag, 1902]

Ele entrou logo depois, parecendo um pouco irritado

por ter sido perturbado em seu cochilo. "Fiz meu relatório na delegacia", disse ele.

Holmes tirou meio soberano do bolso e pôs-se a brincar com ele, pensativamente. "Achamos que seria bom ouvir tudo dos seus próprios lábios", disse.

"Terei o maior prazer em lhe contar tudo que puder", respondeu o policial, os olhos pregados no pequeno disco de ouro.

"Basta que nos conte à sua maneira como tudo aconteceu."

Rance sentou-se no sofá de crina e franziu as sobrancelhas, como se determinado a não omitir coisa alguma em sua narrativa.

"Vou lhes contar desde o começo", disse. "Minha ronda vai de dez da noite às seis da manhã. Às onze horas houve uma briga na White Hart; fora isso, porém, tudo estava muito tranquilo na área. À uma hora começou a chover e me encontrei com Harry Murcher — que cobre a área de Holland Grove —, e ficamos conversando na esquina de Henrietta Street. Pouco depois — talvez por volta das duas horas ou um pouco mais — pensei em ir ver se estava tudo certo em Brixton Road. Estava horrivelmente enlameada e deserta. Não encontrei vivalma em todo o percurso, embora um ou dois fiacres tenham passado por mim. Eu perambulava, pensando com meus botões que uma boa dose de gim viria a calhar, quando de repente percebi uma luz na janela daquela mesma casa. Ora, eu sabia que aquelas duas casas em Lauriston Gardens estavam vazias porque o proprietário não quer mandar limpar os bueiros, embora o último inquilino de uma delas tenha morrido de febre tifoide. Assim, fiquei surpreso ao ver uma luz na janela e desconfiei que havia alguma coisa errada. Quando cheguei à porta…"

"Você parou e em seguida caminhou de volta até o portão do jardim", interrompeu meu companheiro. "Por quê?"

Rance teve um forte sobressalto e fitou Sherlock Holmes, espantadíssimo.

"Ora! É verdade, senhor", disse; "embora só Deus saiba como ficou sabendo disso. Veja, quando cheguei à porta, estava tudo tão silencioso e ermo que pensei que não seria mal ter alguém comigo. Nunca tive medo de coisa nenhuma deste mundo, mas pensei que o tal que tinha morrido de febre tifoide podia estar inspecionando os bueiros que o tinham matado. Essa ideia me deixou apavorado e voltei para o portão para ver se avistava a lanterna de Murcher, mas não havia sinal nem dele nem de mais ninguém."

"Não havia ninguém na rua?"

"Vivalma, senhor, nem mesmo um cachorro. Tratei então de me controlar, voltei e abri a porta. Como estava tudo quieto lá dentro, fui até a sala onde havia uma luz acesa. Era uma vela tremulando no aparador da lareira — uma vela de cera vermelha — e à luz dela eu vi…"

"Sim, sei tudo que viu. Você andou pela sala várias vezes e ajoelhou-se junto ao corpo, depois saiu e experimentou a porta da cozinha, e depois…"

John Rance levantou-se de um salto com uma expressão assustada, a desconfiança nos olhos. "Onde estava escondido para ver tudo isso?" exclamou. "Tenho a impressão de que sabe muito mais do que deveria."

"John Rance levantou-se de um salto com uma expressão assustada."
[Geo. Hutchinson, *A Study in Scarlet*, Londres, Ward, Lock Bowden, and Co., 1891]

Holmes riu e jogou seu cartão para o policial por sobre a mesa. "Não vá me prender por assassinato", disse. "Sou um dos cães de caça, não o lobo, Mr. Gregson ou Mr. Lestrade podem lhe confirmar isso. Mas vá em frente. Que fez em seguida?"

Rance sentou-se de novo, mas sem perder a expressão espantada. "Voltei até o portão e toquei meu apito. Isso levou Murcher e mais dois ao local."

"A rua estava vazia nesse momento?"

"Bem, estava, se formos contar só quem podia ter alguma valia."

"Que quer dizer?"

Os traços do policial se alargaram num sorriso. "Já vi muito bêbado nesta vida", disse, "mas nunca alguém tão borracho como aquele sujeito. Ele estava no portão quando eu saí, encostado na grade e cantando a plenos pulmões algo como *Columbine's New-fangled Banner*, ou coisa parecida. Não conseguia ficar de pé, muito menos ajudar."

"Que tipo de homem era?" perguntou Sherlock Holmes.

John Rance pareceu um pouco irritado com essa digressão. "Era um bêbado de marca maior", respondeu. "Teria ido parar na delegacia se não estivéssemos tão ocupados."

"O rosto dele... as roupas... não os observou?" interveio Holmes, impaciente.

"Eu diria que os observei, porque tive até de escorá-lo — junto com Murcher. Era um camarada comprido, de cara vermelha, a parte inferior coberta..."

"Basta", exclamou Holmes. "Que foi feito dele?"

"Tínhamos mais o que fazer do que tomar conta dele", respondeu o policial num tom melindrado. "Aposto que encontrou o caminho de casa direitinho."

"Como estava vestido?"

"Um sobretudo marrom."

"Tinha um chicote na mão?"

"Um chicote... não."

"Aqui está meio soberano para você", disse meu companheiro, levantando-se e pegando o seu chapéu. "Temo, Rance, que você nunca vá muito longe na polícia. Essa sua cabeça não devia servir apenas de enfeite. O homem que você teve nas mãos é quem detém a chave desse mistério, e quem estamos procurando. Não adianta discutir sobre isso agora; eu lhe garanto que é assim. Vamos, doutor."

Rumamos juntos para o fiacre, deixando nosso informante incrédulo, mas obviamente inquieto.

"O grandessíssimo pateta", disse Holmes com acrimônia, quando voltávamos para o nosso apartamento. "Pensar que teve um golpe de sorte tão incomparável e não tirou proveito dele."

"Era um bêbado de marca maior."
[Geo. Hutchinson, *A Study in Scarlet*, Londres, Ward, Lock Bowden, and Co., 1891]

"Continuo sem entender nada. É verdade que a descrição desse homem corresponde à sua ideia do segundo personagem desse mistério. Mas por que teria ele voltado à casa depois de deixá-la? Não é o que os criminosos costumam fazer."

"O anel, homem, o anel: foi por isso que ele voltou. Se não tivermos nenhuma outra maneira de apanhá-lo, sempre poderemos usar o anel como isca. Eu o pegarei, doutor — aposto dois contra um como o agarro. Devo lhe agradecer por tudo isso. Eu poderia não ter ido lá, se não fosse você, e assim teria perdido o melhor estudo com que jamais me deparei: Um estudo em vermelho, hein? Por que não poderíamos usar um pouquinho do jargão da arte? O fio vermelho do assassinato corre através da meada incolor da vida, e nosso dever é desemaranhá-lo, isolá-lo, e expor cada centímetro dele. E agora, almoçar e depois a Norman-Neruda. Seu ataque e um manejo do arco são esplêndidos. Como é aquela coisinha de Chopin que ela toca de maneira tão magnífica: Tra-la-la-lira-lira-lá."

Recostando-se no fiacre, aquele cão de caça amador cantarolou como uma cotovia enquanto eu meditava sobre a versatilidade do espírito humano.

V. Nosso anúncio atrai uma visita

Nossos esforços da manhã haviam sido excessivos para minha saúde combalida e senti-me exausto à tarde. Depois que Holmes partiu para o concerto, deitei-me no sofá, na tentativa de dormir por umas duas horas. Foi inútil. Excitada demais por tudo que ocorrera, minha mente estava povoada pelas mais estranhas fantasias e conjecturas. Cada vez que eu fechava os olhos, via diante de mim a fisionomia distorcida, semelhante à de um babuíno, do homem assassinado. A impressão que essa face produzira em mim era tão sinistra que era difícil eu sentir outra coisa senão gratidão por aquele que eliminara do mundo o seu dono. Se alguma vez traços humanos pressagiaram o vício da maneira mais maligna, foram certamente os de Enoch J. Drebber, de Cleveland. Apesar disso, eu reconhecia que a justiça devia ser feita e que a depravação da vítima nada perdoava aos olhos da lei.

Quanto mais eu pensava naquilo, mais extraordinária parecia a hipótese de meu companheiro de que o homem fora envenenado. Lembrava-me de como ele cheirara os seus lábios, e não tinha dúvida de que detectara alguma coisa que dera origem à ideia. De mais a mais, se não fora veneno, o que causara a morte desse homem, já que não havia nem ferimento nem sinais de que havia sido estrangulado? Mas, por outro lado, de quem era o sangue de que havia uma camada tão grossa sobre o chão? Não havia sinais de luta, nem a vítima possuía qualquer arma com que pudesse ter ferido um antagonista. Enquanto todas essas perguntas permanecessem sem resposta, eu sentia que não seria fácil dormir, nem para Holmes nem para mim. Seus modos tranquilos e autoconfiantes me convenciam de que ele já formulara uma teoria que explicava todos os fatos, embora qual fosse ela eu não pudesse nem de longe conjecturar.

Ele voltou muito tarde… tão tarde que eu sabia que o concerto não o poderia ter detido todo o tempo. O jantar estava na mesa antes que aparecesse.

"Foi magnífico", disse ele ao se sentar. "Lembra-se do que Darwin disse sobre música? Segundo ele, a capacidade de produzi-la e apreciá-la existia na raça humana muito antes que a capacidade de falar fosse alcançada. Talvez seja por isso que somos tão sutilmente influenciados por ela. Há em nossa alma vagas lembranças daqueles séculos brumosos que envolviam o mundo em sua infância."

"É uma ideia bastante vasta", observei.

"Nossas ideias devem ser tão vastas quanto a Natureza, se pretendem interpretá-la", respondeu ele. "Qual é o problema? Você não parece bem. Esse caso de Brixton Road o perturbou."

"Para lhe dizer a verdade, foi isso mesmo", respondi. "Eu devia estar mais calejado depois de minhas experiências afegãs. Vi meus camaradas serem despedaçados em Maiwand sem me acovardar."

"Posso compreender. Há nisso um mistério que estimula a imaginação; onde não há imaginação, não há horror. Viu o jornal vespertino?"

"Não."

"Faz um relato bastante bom do caso. Não menciona o fato de que, quando o homem foi erguido, uma aliança de mulher caiu no chão. Ainda bem."

"Por quê?"

"Veja este anúncio", respondeu ele. "Enviei-o para todos os jornais esta manhã imediatamente depois do incidente."

Jogou-me o jornal e olhei para o lugar indicado. Era o primeiro anúncio na coluna de "Achados". "Um anel simples de ouro", dizia, "foi encontrado esta manhã na rua entre a taberna White Hart e Holland Grove. Procurar Dr. Watson, Baker Street, 221B, entre oito e nove horas desta noite."

"Perdoe-me por usar seu nome", disse ele. "Se usasse o meu, algum desses imbecis o reconheceria, e tentaria se intrometer no assunto."

"Não faz mal", respondi. "Mas, caso alguém apareça, não terei aliança nenhuma."

"Ah, terá sim", disse ele, entregando-me uma. "Esta servirá muito bem. É quase idêntica."

"E quem você espera que responda a esse anúncio?"

"Ora, o homem de sobretudo marrom... nosso amigo corado com as biqueiras quadradas. Se não vier em pessoa, mandará um cúmplice."

"Ele não consideraria isso perigoso demais?"

"Em absoluto. Se minha visão do caso estiver correta, e tenho todos os motivos para acreditar que está, esse homem preferiria arriscar qualquer coisa a perder a aliança. A meu ver, deixou-a cair quando se curvou sobre o corpo de Drebber e não sentiu falta dela na hora. Após deixar a casa, descobriu sua perda e correu de volta, mas encontrou a polícia já no controle da situação, graças a seu próprio desatino de deixar a vela acesa. Teve de se fingir de bêbado para mitigar as desconfianças que poderiam ter sido despertadas por seu aparecimento no portão. Agora ponha-se no lugar desse homem. Ao refletir sobre o assunto, deve ter lhe ocorrido a possibilidade de haver perdido a aliança na rua após deixar a casa. Que faria nesse caso? Examinaria sofregamente os jornais vespertinos na esperança de vê-la entre os objetos encontrados. Seu olhar, é claro, bateria nisto. Ficaria exultante. Por que temeria uma armadilha? Não haveria razão, a seu ver, para que o achado do anel estivesse ligado ao assassinato. Ele virá. Nós o veremos dentro de uma hora."

"E então?"

"Ah, pode deixar que eu me entendo com ele. Tem alguma arma?"

"Tenho meu velho revólver de serviço e alguns cartuchos."

"É melhor limpá-lo e carregá-lo. O sujeito entrará em desespero, e, embora eu vá pegá-lo desprevenido, é bom estar pronto para qualquer coisa."

Fui para o meu quarto e segui o conselho. Quando voltei com a pistola, a mesa fora tirada e Holmes estava imerso em sua ocupação favorita de arranhar o violino.

"A trama está se complicando", disse ele quando entrei; "acabo de receber uma resposta ao meu telegrama americano. Minha opinião sobre o caso está correta."

"E ela é...?"

"Meu violino agradeceria umas cordas novas", observou ele. "Ponha a pistola no bolso. Quando o sujeito chegar, fale com ele normalmente. Deixe o resto comigo. Não o amedronte encarando-o demais."

"São oito horas agora", disse eu, dando uma olhada no meu relógio.

"Sim. Provavelmente ele estará aqui em poucos minutos. Abra ligeiramente a porta. Assim está bem. Agora ponha a chave do lado de dentro. Obrigado! Veja este curioso livro antigo que encontrei ontem numa banca, *De jure inter gentes*,* publicado em latim em Liège, nos Países Baixos, em 1642. A cabeça de Carlos ainda estava firme sobre seus ombros quando este volumezinho de lombada marrom foi impresso."

"Quem foi o impressor?"

"Philippe de Croy, seja lá quem fosse. Na guarda, numa tinta bem desbotada, está escrito *Ex libris Guliolmi Whyte*. Gostaria de saber quem foi William Whyte. Um advogado pragmático do século XVII, suponho. Sua letra tem um talhe jurídico. Aí vem o nosso homem, acho eu."

Enquanto ele falava a campainha soou com estridência. Levantando-se rapidamente, Sherlock Holmes empurrou sua cadeira na direção da porta. Ouvimos a empregada passar pelo vestíbulo e o estalido seco do trinco quando ela a abriu.

"O Dr. Watson mora aqui?" perguntou uma voz clara mas bastante áspera. Não pudemos ouvir a resposta da criada, mas a porta se fechou e alguém começou a subir a escada. O

---

* A expressão latina significa "lei entre as nações", ou direito internacional.

passo era irregular e arrastado. Uma expressão de surpresa atravessou o semblante do meu companheiro ao ouvi-lo. Ele se aproximou lentamente pelo corredor e ouvimos uma débil batida na porta.

"Entre", exclamei.

Ao meu chamado, em vez do homem violento que esperávamos, uma velhinha encarquilhada entrou titubeante no apartamento. Pareceu ofuscada pela súbita claridade e, após fazer uma mesura, pôs-se a piscar para nós com seus olhos vermelhos, enquanto remexia no bolso com dedos nervosos, trêmulos. Lançando um olhar para meu companheiro, vi que seu rosto havia assumido um ar tão desconsolado que mal consegui manter a compostura.

A velhinha sacou um jornal vespertino e apontou para nosso anúncio. "Foi isto que me trouxe, meus bons senhores", disse, com mais uma mesura; "uma aliança de ouro na Brixton Road. Ela pertence à minha filha, Sally, que se casou há apenas doze meses; o marido dela é camareiro de bordo num navio da Union e mal posso imaginar o que diria se chegasse em casa e a encontrasse sem o anel, porque é um homem bastante ríspido a maior parte do tempo, e mais especialmente quando toma um trago. Se querem saber, ela foi ao circo ontem à noite com..."

"É este o anel dela?" perguntei.

"Louvado seja Deus!" exclamou a velha; "Sally será uma mulher feliz hoje à noite. É esse mesmo."

"E qual seria o seu endereço?" indaguei, pegando um lápis.

"Duncan Street, nº 13, Houndsditch. Bem longe daqui."

"A velhinha sacou um jornal vespertino e apontou para nosso anúncio." [Geo. Hutchinson, *A Study in Scarlet*, Londres, Ward, Lock Bowden, and Co., 1891]

"A Brixton Road não fica no caminho entre nenhum circo e Houndsditch", disse Sherlock Holmes bruscamente.

A velha se virou e o encarou intensamente com seus olhinhos debruados de vermelho. "O cavalheiro perguntou pelo *meu* endereço", disse. "Sally mora numa pensão em Mayfield Place, nº 3, Peckham."

"E seu sobrenome é…?"

"Meu sobrenome é Sawyer… o dela é Dennis, porque Tom Dennis se casou com ela… por sinal um rapaz esperto e honesto, contanto que esteja no mar, e nenhum camareiro na companhia é mais estimado; mas quando está em terra, com as mulheres e os bares..."

"Aqui está o seu anel, Mrs. Sawyer", interrompi, obedecendo a um sinal de meu companheiro; "ele pertence claramente à sua filha e sinto-me feliz por poder restituí-lo à legítima dona."

Murmurando muitas bênçãos e protestos de gratidão, a velhinha meteu-o no bolso e se arrastou escada abaixo. Sherlock Holmes levantou-se de um salto assim que ela saiu e correu ao seu quarto. Voltou em poucos segundos embrulhado num sobretudo pesado e com um cachecol. "Vou segui-la", disse, afobado; "ela deve ser uma cúmplice e vai me levar até ele. Espere por mim." A porta do vestíbulo mal batera atrás da nossa visitante quando Holmes desceu a escada. Olhando pela janela, pude vê-la caminhando tropegamente pelo outro lado, enquanto seu perseguidor a espreitava um pouco atrás. "Ou toda a sua teoria está incorreta", pensei comigo mesmo, "ou ele será conduzido agora ao âmago do mistério." Ele nem teria precisado me pedir para esperá-lo, pois eu sentia que seria impossível dormir antes de saber o desfecho de sua aventura.

"Seu perseguidor a espreitava um pouco atrás." [Geo. Hutchinson, *A Study in Scarlet*, Londres: Ward, Lock Bowden, and Co., 1891]

Eram quase nove horas quando Holmes partiu. Eu não tinha ideia do quanto iria demorar, mas fiquei impassivelmente sentado, tirando baforadas de meu cachimbo e folheando as páginas de *Vie de Bohème* de Henri Murger. Eram mais de dez horas quando ouvi os passos da criada tropeando para a cama. Eram mais de onze quando a senhoria, com seu andar mais imponente, passou por minha porta com o mesmo destino. Era quase meia-noite quando ouvi o som seco da chave. Assim que ele entrou vi por seu rosto que não fora bem-sucedido. Diversão e contrariedade pareciam lutar pelo domínio, até que a primeira de repente levou a melhor e ele explodiu numa gostosa gargalhada.

"Não gostaria que os homens da Scotland Yard soubessem disso por nada neste mundo", exclamou, deixando-se cair na sua poltrona; "eu caçoei tanto deles que nunca mais parariam de falar nisso. Posso me dar ao luxo de rir porque sei que no fim das contas estarei quite com eles."

"O que aconteceu?" perguntei.

"Ah, não me importo de contar uma história contra mim mesmo. Aquela criatura tinha andado um pequeno trecho quando começou a coxear e a dar todos os sinais de que lhe doíam os pés. Pouco depois parou, e chamou um *four-wheeler* que passava. Consegui me aproximar o bastante para ouvir o endereço, mas não teria precisado ficar tão aflito, porque ela o berrou alto o suficiente para ser ouvida do outro lado da rua: 'Siga para Duncan Street, 13, Houndsditch.' 'Isto começa a parecer genuíno', pensei, e depois de me certificar de que a mulher se instalara lá dentro, empoleirei-me atrás. Essa é uma arte que todo detetive deve dominar. Bem, partimos sacolejando, sem parar nenhuma vez até chegarmos à rua em questão. Saltei antes de chegarmos à porta e pus-me a caminhar indolentemente pela rua. Vi o carro parar. O cocheiro apeou e o vi abrir a porta e aguardar. Nada saiu. Quando o alcancei, ele procurava às apalpadelas dentro do carro vazio, enfurecido, dando vazão à mais bela coleção de pragas que já ouvi. Não havia o menor sinal de sua passageira, e temo que ele vá levar algum tempo para receber seu dinheiro. Ao indagar no nº 13, descobrimos que a casa pertencia a um respeitável empapelador chamado Keswick, e que nunca se ouvira falar de ninguém chamado Sawyer ou Dennis ali."

"Você não está querendo dizer", exclamei estarrecido, "que aquela velhota trôpega e frágil foi capaz de sair do carro em movimento, sem que nem você nem o cocheiro a vissem?"

"Que se dane a velhota!" disse Sherlock Holmes bruscamente. "Velhotas fomos nós por cair assim nessa esparrela. Devia ser um rapaz, aliás bastante vigoroso, além de um ator incomparável. O disfarce foi inimitável. Ele percebeu que estava sendo seguido, sem dúvida, e usou esse recurso para escapulir. Isso mostra que o homem que procuramos não está sozinho como eu imaginava, mas tem amigos dispostos a correr algum risco por ele. Mas está parecendo exausto, doutor. Aceite o meu conselho, vá se deitar."

Como me sentia de fato muito fatigado, obedeci à ordem. Deixei Holmes sentado em frente ao fogo sem chama, e pela madrugada adentro ouvi os débeis e melancólicos gemidos de seu violino, sabendo que ele continuava refletindo sobre o estranho problema que se dispusera a deslindar.

VI. Tobias Gregson mostra do que é capaz

No dia seguinte os jornais só falavam do "Mistério de Brixton", como o chamaram. Todos faziam um longo relato do caso e alguns, além disso, acrescentaram editoriais. Havia neles algumas informações novas para mim. Ainda conservo num álbum muitos recortes e cópias tratando do caso. Aqui está uma condensação de alguns deles:

O *Daily Telegraph* observou que na história do crime raramente houve uma tragédia que apresentasse características mais estranhas. O nome alemão da vítima, a ausência de qualquer outro motivo e a palavra sinistra escrita na parede, tudo apontava para um crime perpetrado por refugiados políticos e revolucionários. Os socialistas tinham muitas ramificações nos Estados Unidos, e o falecido havia certamente infringido suas leis não escritas e sido capturado por eles. Após aludir vagamente aos Vehmgericht, à aquatofana, aos carbonários, à marquesa de Brinvilliers, à teoria darwiniana, aos princípios de Malthus e aos assassinos de Ratcliff Highway, o artigo concluía repreendendo o governo e defendendo uma vigilância mais rigorosa sobre os estrangeiros na Inglaterra.

O *Standard* comentava que ultrajes à lei desse tipo costumavam acontecer sob uma administração liberal. Tinham origem na inquietação das massas e no consequente enfraquecimento de toda autoridade. O falecido era um cavalheiro americano que residia havia algumas semanas na Metrópole. Hospedava-se na pensão de Madame Charpentier, em Torquay Terrace, Camberwell. Era acompanhado em suas viagens por seu secretário particular, Mr. Joseph Stangerson. Os dois se despediram de sua senhoria na terça-feira, dia 4 do corrente mês, e partiram para a Euston Station com a intenção declarada de pegar o expresso de Liverpool. Mais tarde foram vistos juntos na plataforma. Nada mais se soube sobre eles até que o corpo de Mr. Drebber foi, como registrado, descoberto numa casa vazia na Brixton Road, a muitos quilômetros de Euston. Como chegou lá, ou como encontrou seu destino, são perguntas ainda envoltas em mistério. Nada se sabe acerca do paradeiro de Stangerson. Ficamos satisfeitos por saber que Mr. Lestrade e Mr. Gregson, da Scotland Yard, estão ambos incumbidos do caso, e tudo nos leva a crer que esses conhecidos policiais lançarão luz sobre a questão rapidamente.

O *Daily News* comentava que não havia dúvida quanto ao caráter político do crime. O despotismo e o ódio ao liberalismo que contaminavam os governos do Continente tinham tido o efeito de lançar em nossa costa muitos homens que poderiam ser excelentes cidadãos, não fossem azedados pela lembrança de tudo por que haviam passado. Entre esses homens havia um severo código de honra, qualquer infração do qual era punida com a morte. Todos os esforços deviam ser empenhados para encontrar o secretário, Stangerson, e verificar alguns detalhes dos hábitos do falecido. Um grande passo fora dado com a descoberta do endereço da casa em que haviam se hospedado – um resultado inteiramente devido à perspicácia e energia de Mr. Gregson da Scotland Yard.

Sherlock Holmes e eu lemos essas notícias juntos ao desjejum, e elas pareceram diverti-lo muito.

"Eu não lhe disse que, o que quer que tenha acontecido, Lestrade e Gregson sem dúvida levariam a melhor?"

"Isso depende do desfecho que o caso venha a ter."

"Ah, obrigado, mas isso não tem a menor importância. Se o homem for pego, será *por causa* de seus esforços; se escapar, será *a despeito* deles. É cara se eu ganhar e coroa se você perder. O que quer que eles façam, terão admiradores. *Un sot trouve toujours un plus sot qui l'admire.*"*

"Que diabo é isso?" exclamei, pois nesse momento ouvimos o ruído de um tropel no vestíbulo e na escada, acompanhado por expressões audíveis de desgosto por parte de nossa senhoria.

"É a divisão Baker Street da força policial de detetives", disse meu companheiro gravemente; e enquanto ele falava a sala foi invadida por meia dúzia dos mais sujos e esfarrapados moleques de rua em que eu já pusera os olhos.

"Sen-tido!" bradou Holmes com energia, e os seis malandrinhos sujos perfilaram-se como estatuetas indecorosas. "No futuro vocês enviarão apenas Wiggins para prestar contas e o resto de vocês deve esperar na rua. Encontraram aquilo, Wiggins?"

* Verso final do Canto I de *L'Art poétique* de Nicolas Boileau-Despréaux (1636-1711). Em tradução livre, "Um tolo sempre encontra um mais tolo que o admira".

"Não, senhor, não encontramos", disse um dos meninos.

"Não esperava mesmo que tivessem encontrado. Persistam até conseguir. Aqui estão suas pagas." Deu um xelim para cada um. "Agora vão, e voltem com uma notícia melhor da próxima vez."

Fez um aceno, eles debandaram escada abaixo como ratos e um instante depois ouvimos suas vozes estridentes na rua.

"Pode-se esperar mais trabalho de um desses mendigozinhos que de uma dúzia de homens da polícia", comentou Holmes. "A simples visão de uma pessoa de aspecto oficial sela os lábios dos homens. Esses garotos, no entanto, vão a toda parte e escutam tudo. São espertíssimos também; só o que lhes falta é organização."

"Encontraram aquilo, Wiggins?"
[Richard Gutschmidt, *Späte Rache*, Stuttgart, Robert Lutz Verlag, 1902]

"É nesse caso de Brixton que você os está empregando?" perguntei.

"Sim; há um ponto que quero verificar. É uma mera questão de tempo. Veja só! Vamos ter mais notícias agora do que esperávamos. Ali vem Gregson descendo a rua com a felicidade estampada em cada traço do rosto. Vem para cá, eu sei. Sim, está parando. Cá está ele!"

Ouvimos um violento puxão da campainha e em alguns segundos o detetive louro subia as escadas, três degraus de cada vez, e irrompia na nossa sala de estar.

"Meu caro amigo", exclamou, apertando a mão inerte de Holmes, "dê-me os parabéns! Tornei a coisa toda clara como o dia."

Tive a impressão de ver uma sombra de ansiedade perpassar a face expressiva de meu companheiro.

"Quer dizer que está na pista certa?" perguntou.

"A pista certa! Ora, senhor, temos o homem sob sete chaves."

"E o nome dele é?"

"Arthur Charpentier, subtenente da Marinha de Sua Majestade", exclamou Gregson pomposamente, esfregando suas mãos gordas e inflando o peito.

Sherlock Holmes soltou um profundo suspiro de alívio e, relaxando-se, abriu um sorriso.

"Sente-se, e experimente um destes charutos", disse. "Estamos ansiosos por saber como conseguiu isso. Gostaria de um pouco de uísque com água?"

"Não seria mal", respondeu o detetive. "Os tremendos esforços que tenho feito nestes últimos dias me exauriram. Menos esforço físico, se me compreendem, que tensão mental. O senhor sabe o que é isso, Mr. Sherlock Holmes, somos ambos trabalhadores intelectuais."

"Você me lisonjeia", disse Holmes gravemente. "Vamos ouvir como chegou a esse resultado tão satisfatório."

O detetive sentou-se numa poltrona e, não cabendo em si de contente, tirou baforadas de seu charuto. Depois, subitamente, deu uma palmada na coxa num paroxismo de diversão.

"O mais engraçado", exclamou, "é que o tolo do Lestrade, que se considera tão inteligente, seguiu uma pista inteiramente equivocada. Anda à procura do secretário Stangerson, que está tão inocente nessa história como um bebê por nascer. Não tenho dúvida de que já botou as mãos nele a esta hora."

A ideia deixou Gregson tão deliciado que riu até sufocar.

"E como conseguiu sua pista?"

"Ah, vou lhe contar tudo. É claro, Dr. Watson, que isto deve ficar estritamente entre nós. A primeira dificuldade que tivemos de enfrentar foi a descoberta dos antecedentes desse americano. Algumas pessoas teriam esperado até que seus anúncios fossem respondidos, ou que alguém se apresentasse oferecendo informação. Mas não é assim que Tobias Gregson trabalha. Lembra-se da cartola ao lado do defunto?"

"Lembro-me", disse Holmes; "fabricada por John Underwood & Sons, Camberwell Road, nº 129."

Gregson pareceu bastante desapontado.

"Não tinha ideia de que reparara nisso", disse. "Esteve lá?"

"Não."

"Ah!" exclamou Gregson, aliviado; "nunca deve desprezar uma oportunidade, por menor que pareça."

"Para um grande espírito, nada é pequeno", observou Holmes sentenciosamente.

"Bem, procurei Underwood e lhe perguntei se havia vendido uma cartola desse tamanho e feitio. Ele examinou seus livros e localizou o registro imediatamente. Enviara a cartola a um certo Mr. Drebber, residente na Pensão Charpentier, em Torquay Terrace. Foi assim que consegui seu endereço."

"Engenhoso – muito engenhoso!" murmurou Sherlock Holmes.

"Em seguida fiz uma visita a Madame Charpentier", continuou o detetive. "Encontrei-a muito pálida e aflita. Sua filha estava na sala também – uma moça excepcionalmente bonita, aliás; tinha os olhos vermelhos e seus lábios tremiam quando lhe falei. Isso não me escapou. Percebi que ali havia dente de coelho. O senhor sabe o que sentimos, Mr. Sherlock Holmes, quando chegamos à pista certa – uma espécie de palpitação nervosa. 'Ouviu falar da misteriosa morte de seu ex-hóspede, Mr. Enoch J. Drebber, de Cleveland?' perguntei.

"A mãe assentiu com a cabeça. Parecia incapaz de pronunciar uma palavra. A filha caiu no choro. Senti mais do que nunca que aquela gente sabia alguma coisa sobre o assunto.

"'A que horas Mr. Drebber deixou sua casa para pegar o trem?' perguntei.

"'Às oito horas', respondeu ela, engolindo em seco para acalmar sua agitação. 'O secretário dele, Mr. Stangerson, disse que havia dois trens... um às nove e quinze e um às onze. Ele deveria pegar o primeiro.'

"'E foi essa a última vez que esteve com ele?'

"A essa pergunta, uma terrível mudança sobreveio na fisionomia da mulher. Suas feições ficaram inteiramente lívidas. Passaram-se alguns segundos antes que ela conseguisse pronunciar uma única palavra, 'Sim'... e quando esta foi proferida, tinha um tom rouco, artificial.

"Fez-se silêncio por alguns momentos e depois a filha falou numa voz calma e clara.

"'Mentiras nunca trazem nada de bom, mãe', disse. 'Sejamos francas com este cavalheiro. De fato, *vimos* Mr. Drebber novamente.'

"'Que Deus a perdoe!' exclamou Madame Charpentier, erguendo as mãos para o céu e deixando-se cair numa cadeira. 'Você assassinou seu irmão.'

"'Arthur preferiria que disséssemos a verdade', respondeu a moça com firmeza.

"'O melhor é contarem-me tudo agora', disse eu. 'Meias-verdades são piores que nenhuma. Além disso, as senhoras ignoram quanto sabemos sobre o assunto.'

"'Que a culpa recaia sobre sua cabeça, Alice!' exclamou a mãe; em seguida, virando-se para mim: 'Vou lhe contar tudo, senhor. Não suponha que minha inquietação pelo meu filho é fruto de qualquer receio de que ele tenha tido alguma participação nesse terrível caso. Ele é inteiramente inocente. Meu pavor é, contudo, de que a seus olhos e aos olhos dos outros ele possa parecer comprometido. Isso, no entanto, é com certeza impossível. Seu caráter elevado, sua profissão, seus antecedentes não o permitiriam.'

"'O melhor que tem a fazer é expor claramente os fatos', respondi. 'Acredite, se seu filho for inocente, isso não o prejudicará.'

"'Talvez seja melhor você nos deixar a sós, Alice', disse ela, e sua filha se retirou. 'Agora, senhor', continuou ela, 'eu não tinha nenhuma intenção de lhe contar tudo isto, mas como minha pobre filha abriu a boca, não tenho alternativa. Tendo decidido falar, vou lhe contar tudo sem omitir nenhum detalhe.'

"'Que Deus a perdoe!' exclamou Madame Charpentier, 'Você assassinou seu irmão.'" [James Greig, *A Study in Scarlet*, Londres Melbourne Toronto, Ward, Lock & Co., Limited, s.d.]

"'É o caminho mais sensato', disse eu.

"'Mr. Drebber passou três semanas conosco. Ele e seu secretário, Mr. Stangerson, haviam viajado pelo Continente. Notei uma etiqueta de 'Copenhague' em cada um de seus baús, mostrando que essa havia sido sua última escala. Stangerson era um homem quieto e reservado, mas seu patrão, lamento dizer, era o contrário. Tinha hábitos grosseiros e maneiras brutais. Na própria noite de sua chegada, ficou em péssimo estado por causa da bebida e, na verdade, depois do meio-dia quase nunca se podia dizer que estava sóbrio. Suas maneiras para com as criadas eram repulsivamente livres e confiadas.

E, o pior de tudo, ele não demorou a assumir a mesma atitude para com minha filha, Alice, e falou com ela mais de uma vez de uma maneira que, felizmente, ela é inocente demais para compreender. Numa ocasião, chegou de fato a agarrá-la e abraçá-la... um ultraje que levou seu próprio secretário a repreendê-lo por sua conduta desonrosa.'

"'Mas por que suportou tudo isso?' perguntei. 'Suponho que pode se livrar dos seus hóspedes quando deseja.'

"Mrs. Charpentier corou à minha pertinente pergunta. 'Quem dera eu o tivesse mandado embora no dia mesmo em que chegou', disse ela. 'Mas era uma grande tentação. Eles estavam pagando uma libra por dia cada um — catorze libras por semana, e isso na baixa estação. Sou uma viúva e meu filho na Marinha me saiu muito caro. Relutei em perder o dinheiro. Tinha a melhor das intenções. Mas esse último incidente foi demais, e levou-me a lhe pedir que saísse. Esse foi o motivo da sua partida.'

"'E depois?'

"'Senti um alívio no coração quando o vi se afastar. Meu filho está de licença exatamente agora, mas ainda não lhe contei nada sobre tudo isso, porque seu temperamento é violento e gosta imensamente da irmã. Quando fechei a porta atrás deles, tive a impressão de que um peso fora retirado de minha mente. Ai de mim! Em menos de uma hora a campainha tocou e soube que Mr. Drebber retornara. Estava muito alvoroçado, e evidentemente muito bêbado. Precipitou-se na sala, onde eu estava sentada com minha filha, e fez um comentário incoerente sobre ter perdido o trem. Em seguida virou-se para

Alice, e, na minha cara, propôs-lhe que fugisse com ele. 'Você é maior de idade', disse, 'e não há nenhuma lei para detê-la. Tenho dinheiro de sobra. Não se preocupe com essa velhota, venha comigo agora mesmo. Viverá como uma princesa.' A pobre Alice ficou tão apavorada que se esquivou, mas ele a agarrou pelo pulso e tentou arrastá-la para a porta. Gritei, e nesse momento meu filho Arthur entrou na sala. O que aconteceu depois eu não sei. Ouvi palavrões e os sons confusos de uma briga. Estava aterrorizada demais para levantar a cabeça. Quando olhei, vi Arthur parado junto à porta, rindo, com um bastão na mão. 'Não me parece que esse distinto cavalheiro vá nos perturbar outra vez', disse. 'Vou apenas segui-lo para ver que rumo vai tomar.' Com essas palavras, pegou seu chapéu e saiu para a rua. Na manhã seguinte ouvimos falar da morte misteriosa de Mr. Drebber.'

"Esse depoimento saiu dos lábios de Mrs. Charpentier em meio a diversos arquejos e pausas. Às vezes ela falava tão baixo que eu mal podia ouvi-la. Taquigrafei tudo que disse, de modo a não haver possibilidade de erro."

"É palpitante", disse Sherlock Holmes com um bocejo. "Que aconteceu depois?"

"Quando Mrs. Charpentier terminou", prosseguiu o detetive, "vi que todo o caso dependia de um único ponto. Fitando-a olhos nos olhos de uma maneira que sempre me pareceu eficaz com as mulheres, perguntei-lhe a que horas seu filho voltara.

"'Não sei', respondeu.

"'Não sabe?'

"'Não, ele tem a chave e foi ele quem abriu a porta.'

"'Depois que a senhora foi se deitar?'

"'Sim.'

"'A que horas foi para a cama?"

"'Por volta das onze.'

"'Então seu filho passou pelo menos duas horas fora?'

"'Sim.'

"'Talvez quatro ou cinco?'

"'Sim.'

"'Que fez ele durante esse tempo?'

"'Não sei', respondeu ela, e até seus lábios ficaram brancos.

"Evidentemente depois disso não havia mais nada a fazer. Descobri onde estava o tenente Charpentier, levei dois policiais comigo e o prendi. Quando o toquei no ombro e o adverti para vir calmamente conosco, ele respondeu, na maior insolência: 'Suponho que está me detendo por envolvimento na morte daquele patife do Drebber', disse. Como não lhe havíamos dito nada a esse respeito, essa alusão teve um aspecto extremamente suspeito."

"Muito", disse Holmes.

"Ele ainda carregava o pesado bastão que, segundo sua mãe, tinha consigo quando seguiu Drebber. Era um sólido porrete de carvalho."

"Qual é sua teoria, então?"

"Bem, minha teoria é que ele seguiu Drebber até a Brixton Road. Ali, uma nova altercação surgiu entre eles, durante a qual Drebber recebeu uma paulada, talvez na boca do estômago, que o matou sem deixar nenhuma marca. A noite estava tão chuvosa que não havia ninguém por perto, assim Charpentier arrastou o corpo de sua vítima para a casa vazia. Quanto à vela, o sangue, o escrito na parede e o anel, tudo isso são truques para despistar a polícia."

"Muito bem!" disse Holmes, num tom encorajador. "Realmente, Gregson, você está fazendo progressos. Ainda será alguém!"

"Gabo-me de ter conduzido as coisas com muita habilidade", respondeu o detetive, orgulhoso. "O rapaz se dispôs a dar um depoimento, em que disse que, após seguir Drebber por algum tempo, este o percebeu e tomou um fiacre para escapar.

"Lestrade postou-se no centro da sala, manuseando nervosamente o chapéu e incerto quanto ao que fazer." [Richard Gutschmidt, *Späte Rache*, Stuttgart, Robert Lutz Verlag, 1902]

A caminho de casa encontrou um velho companheiro de bordo, com quem deu uma longa caminhada. Ao ser perguntado onde esse companheiro de bordo morava, foi incapaz de dar uma resposta satisfatória. Acho que o caso todo se encaixa excepcionalmente bem. O que me diverte é pensar em Lestrade, que embarcou na pista errada. Temo que não vá conseguir muita coisa. Ora vejam! Cá está o homem em pessoa!"

De fato era Lestrade, que subira a escada enquanto conversávamos e agora entrava na sala. A autoconfiança e o garbo que geralmente marcavam seu porte e seu traje, contudo, estavam ausentes. Tinha o semblante transtornado, ao passo que suas roupas estavam sujas e desalinhadas. Viera evidentemente com a intenção de consultar Sherlock Holmes, pois ao perceber o colega pareceu embaraçado e aborrecido. Postou-se no centro da sala, manuseando nervosamente o chapéu e incerto quanto ao que fazer. "Este é um caso muitíssimo extraordinário", disse por fim, "um incidente inteiramente incompreensível."

"Ah, acha mesmo, Mr. Lestrade?" exclamou Gregson, triunfante. "Imaginei que chegaria a essa conclusão. Conseguiu encontrar o secretário, Mr. Joseph Stangerson?"

"O secretário, Mr. Joseph Stangerson", respondeu Lestrade gravemente, "foi assassinado no Halliday's Private Hotel por volta das cinco horas desta manhã."

VII. Luz na escuridão

A INFORMAÇÃO com que Lestrade nos brindou era tão sensacional que ficamos os três naturalmente perplexos. Gregson pulou de sua cadeira e virou o resto de seu uísque com água. Olhei em silêncio para Sherlock Holmes, que tinha os lábios comprimidos e as sobrancelhas franzidas.

"Stangerson também!" murmurou. "A trama se complica."

"Já estava bastante complicada antes", resmungou Lestrade, tomando uma cadeira. "Parece que caí numa espécie de conselho de guerra."

"O senhor... o senhor tem certeza dessa informação?" gaguejou Gregson.

"Acabo de sair do quarto dele", disse Lestrade. "Fui o primeiro a descobrir o que ocorrera."

"Estávamos ouvindo a visão do caso de Gregson", observou Holmes. "Você se incomodaria de nos contar o que viu e fez?"

"Não tenho nenhuma objeção", respondeu Lestrade, sentando-se. "Não hesito em confessar que na minha opinião Stangerson estava envolvido na morte de Drebber. Este novo desdobramento mostrou-me que eu estava completamente errado. Convicto daquela ideia, decidi descobrir o que fora feito do secretário. Eles tinham sido vistos juntos na Euston Station por volta das oito e meia da noite do dia 3. Às duas da manhã Drebber havia sido encontrado na Brixton Road.

A questão com que eu me deparava era descobrir o que fizera Stangerson entre as oito e meia e a hora do crime, e o que fora feito dele depois. Telegrafei para Liverpool, dando uma descrição do homem e instruindo-os a vigiar os navios americanos. Em seguida pus mãos à obra, visitando todos os hotéis e pensões nas vizinhanças de Euston. Eu raciocinava que, se Drebber e seu companheiro haviam sido separados, o curso natural para este último seria hospedar-se em algum lugar nas vizinhanças para passar a noite, e depois ficar à espera na estação na manhã seguinte."

"Provavelmente teriam combinado um local de encontro de antemão", observou Holmes.

"Foi o que se demonstrou. Passei todo o serão de ontem fazendo indagações sem nenhum proveito. Esta manhã comecei muito cedo e às oito horas cheguei ao Halliday's Private Hotel, em Little George Street. Quando perguntei se Mr. Stangerson estava hospedado lá, responderam-me com uma afirmativa imediata.

"'Sem dúvida é o cavalheiro que ele estava esperando', disseram-me. 'Ele está à sua espera há dois dias.'

"'Onde se encontra agora?' perguntei.

"'Está lá em cima, deitado. Desejava ser chamado às nove.'

"'Vou subir imediatamente para vê-lo', disse eu.

"Eu julgava que minha aparição repentina poderia lhe abalar os nervos e levá-lo a deixar escapulir alguma coisa. O criado prontificou-se a me mostrar o quarto: era no segundo andar e chegava-se a ele passando por um pequeno corredor. O criado apontou-me a porta e estava prestes a descer de novo quando vi algo que me deu náuseas, apesar de meus vinte anos de experiência. De sob a porta, escoava um filete vermelho de sangue, que serpenteara pelo corredor e formara uma pequena poça junto ao rodapé do outro lado. Dei um grito, o que trouxe o criado de volta. Ele quase desmaiou ao ver aquilo. A porta estava trancada por dentro, mas nós a arrombamos com os ombros. A janela do quarto estava aberta, e junto dela, todo encoscorado, jazia o corpo de um homem de camisola. Estava morto, e havia algum tempo, porque os membros estavam rígidos e frios. Quando o viramos de frente, o criado o reconheceu de imediato como o mesmo cavalheiro que alu-

"Ele quase desmaiou ao ver aquilo."
[Geo. Hutchinson, *A Study in Scarlet*, Londres, Ward, Lock Bowden, and Co., 1891]

gara o quarto sob o nome de Joseph Stangerson. A causa da morte fora uma profunda punhalada no lado esquerdo, que devia ter penetrado o coração. E agora vem a parte mais estranha da história. Que supõem que estava acima do homem assassinado?"

Senti um arrepio e pressenti algo horrível, antes mesmo que Sherlock Holmes respondesse.

"A palavra RACHE, escrita em letras de sangue", disse ele.

"Exatamente", disse Lestrade num tom aterrado; e ficamos todos em silêncio por algum tempo.

Havia algo de tão metódico e de tão incompreensível nos atos desse assassino desconhecido, que tornava seus crimes ainda mais tétricos. Meus nervos, bastante controlados no campo de batalha, estremeceram a esse pensamento.

"O homem foi visto", continuou Lestrade. "Um leiteiro que passava por ali a caminho da leiteria descia por acaso o beco que vem das cavalariças nos fundos do hotel. Ele notou que uma escada, que geralmente ficava por ali, estava erguida contra uma das janelas do segundo andar, que se encontrava escancarada. Após passar, olhou para trás e viu um homem descendo a escada. Descia tão calma e descaradamente que o rapaz imaginou que fosse algum carpinteiro trabalhando no hotel. Não lhe deu especial atenção, senão para pensar consigo mesmo que era um pouco cedo para o sujeito estar trabalhando. Tem a impressão de que era alto, tinha um rosto avermelhado e vestia um comprido sobretudo marrom. Deve ter passado algum tempo no quarto depois do assassinato, porque encontramos água suja de sangue na bacia, onde lavara as mãos, e marcas nos lençóis em que limpara deliberadamente sua faca."

Lancei um olhar para Holmes ao ouvir a descrição do assassino, que coincidia tão exatamente com a dele. Não havia, porém, nenhum traço de júbilo ou satisfação em sua face.

"Não encontraram nada no quarto que pudesse fornecer uma pista do assassino?" perguntou.

"Nada. Stangerson tinha a carteira de Drebber no bolso, mas parece que isso era usual, pois ele fazia todos os pagamentos. Havia nela oitenta libras e tanto, mas nada foi levado. Sejam quais forem os motivos desses crimes extraordinários, o roubo certamente não é um deles. Não havia papéis ou memorandos no bolso do assassinado, exceto por um único telegrama, datado de Cleveland cerca de um mês atrás, e contendo as palavras: 'J.H. está na Europa.' A mensagem não estava assinada."

"E não havia mais nada?" perguntou Holmes.

"Nada de alguma importância. O romance do homem, que lera para pegar no sono, estava sobre a cama, e o cachimbo sobre uma cadeira ao seu lado. Havia um copo d'água na mesa, e no peitoril da janela uma caixinha ordinária de unguento contendo duas pílulas."

Sherlock Holmes deu um pulo da cadeira com uma exclamação de júbilo.

"O último elo", exclamou exultante. "Meu caso está completo."

Os dois detetives o fitaram, espantados.

"Tenho agora em minhas mãos", disse meu companheiro confiantemente, "todos os fios que formaram esse novelo. Há, é claro, detalhes a inserir, mas estou tão certo quanto aos fatos principais, desde o instante em que Drebber se separou de Stangerson na estação, até a descoberta do corpo deste último, como se tivesse visto com meus próprios olhos. Vou lhes dar uma prova do meu conhecimento. Conseguiu passar a mão naquelas pílulas?"

"Estão comigo", disse Lestrade, mostrando uma caixinha branca; "peguei-as, junto com a carteira e o telegrama, na intenção de guardá-los em segurança no distrito policial. Foi por puro acaso que peguei estas pílulas, porque sou obrigado a dizer que não lhes atribuo a menor importância."

"Passe-as para mim", disse Holmes. "Muito bem, doutor", virando-se para mim, "estas são pílulas comuns?"

Certamente não eram. Eram de um cinza perolado, pequenas, redondas e quase transparentes contra a luz. "Por sua leveza e transparência, eu imaginaria que são solúveis em água", observei.

"Precisamente", respondeu Holmes. "Agora você se incomodaria de descer e apanhar o pobre-diabo daquele *terrier* que já sofreu por tanto tempo e que a senhoria queria que você sacrificasse ontem?"

Desci e levei o cachorro para cima em meus braços. Sua respiração difícil e o olhar vidrado mostravam que não estava longe do fim. De fato, seu focinho branco como a neve proclamava que há muito excedera o termo usual da existência canina. Depositei-o sobre uma almofada no tapete.

"Agora vou partir uma destas pílulas em dois", disse Holmes, e sacando seu canivete fez o que dizia. "Devolveremos uma metade à caixa para futuros propósitos. Colocarei a outra neste copo de vinho, em que há uma colher de chá de água. Como veem, nosso amigo, o doutor, está certo e ela se dissolve prontamente."

"Isso pode ser muito interessante", disse Lestrade, no tom ofendido de alguém que suspeita que está sendo objeto de zombaria, "mas não vejo o que pode ter a ver com a morte de Mr. Joseph Stangerson."

"Paciência, meu amigo, paciência! Na hora certa você descobrirá que tem tudo a ver com ela. Agora vou acrescentar um pouquinho de leite para tornar a mistura palatável, e ao apresentá-la ao cão vemos que ele a lambe com muito gosto."

Enquanto falava, entornou o conteúdo do copo de vinho num pires e o pôs em frente ao *terrier*, que rapidamente o lambeu. O ar sério de Sherlock Holmes nos convencera tanto até então que ficamos todos em silêncio, observando atentamente o animal e esperando algum efeito surpreendente. Mas não vimos nenhum. O cão continuou estirado sobre a almofada, respirando com dificuldade, mas aparentemente nem melhor nem pior pelo que bebera.

Holmes sacara seu relógio e, enquanto os minutos se sucediam sem resultado, uma expressão do mais completo dissabor e desapontamento se estampou na sua fisionomia. Ele mordia o lábio, tamborilava sobre a mesa, e mostrava todos os demais sintomas de aguda impaciência. Sua emoção era tão grande que me apiedei sinceramente dele, enquanto os dois detetives sorriam zombeteiramente, de maneira alguma descontentes com esse revés que ele sofria.

"Não pode ser uma coincidência", exclamou ele, finalmente pulando da cadeira e pondo-se a andar nervosamente pela sala; "é impossível que seja uma mera coincidência. As próprias pílulas de que suspeitei no caso de Drebber são realmente encontradas após a morte de Stangerson. No entanto, são ineficazes. O que pode significar isso? Toda a minha cadeia de raciocínio certamente não pode ter sido falsa. No entanto o desgraçado deste cachorro continua na mesma. Ah! Já sei! Já sei!" Com um grito de puro prazer, correu até a caixa, cortou a outra pílula em dois, dissolveu-a, acrescentou leite e apresentou-a ao *terrier*. Mal parecera molhar a língua no líquido, a infeliz criatura teve um tremor convulsivo em todos os membros e esticou-se tão rígida e sem vida como se fulminada por um raio.

Sherlock Holmes soltou um longo suspiro e enxugou o suor da testa. "Eu devia ser mais confiante", disse. "Já devia saber a esta altura que quando um fato parece se opor a uma longa série de deduções, prova-se invariavelmente passível de alguma outra interpretação. Das duas pílulas nesta caixa, uma era do mais mortífero veneno e a outra, inteiramente inócua. Eu devia ter sabido disso antes mesmo de ver a caixa."

Esta última afirmação pareceu-me tão surpreendente que mal podia crer que ele estava em seu perfeito juízo. Ali estava o cachorro morto, contudo, para provar que sua conjectura fora correta. Tive a impressão de que a névoa em minha própria mente dissipava-se pouco a pouco, e comecei a ter uma pálida e vaga percepção da verdade.

"Tudo isto lhes parece estranho", continuou Holmes, "porque não perceberam, no início das investigações, a importância da

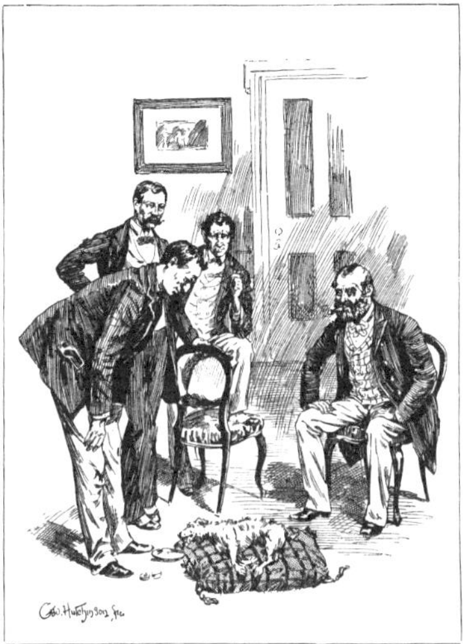

"Mal parecera molhar a língua no líquido, a infeliz criatura teve um tremor convulsivo em todos os membros e esticou-se tão rígida e sem vida como se fulminada por um raio." [Geo. Hutchinson, *A Study in Scarlet*, Londres, Ward, Lock Bowden, and Co., 1891]

única pista real que tinham diante de si. Tive a sorte de me agarrar a ela, e tudo que aconteceu desde então serviu para confirmar minha suposição original, e, de fato, foi a sequência natural dela. Eis por que coisas que os desconcertaram e tornaram o caso mais absurdo serviram para me esclarecer e fortalecer minhas conclusões. É um erro confundir estranheza com mistério. O crime mais banal é muitas vezes o mais misterioso, pois não apresenta nenhuma característica nova ou especial a partir da qual possamos fazer deduções. Teria sido infinitamente mais difícil elucidar esse homicídio se o corpo da vítima tivesse sido simplesmente encontrado no meio da rua, sem nenhuma dessas circunstâncias insólitas e sensacionais que o tornaram notável. Esses detalhes estranhos, longe de tornar o caso mais difícil, tiveram na realidade o efeito de facilitá-lo."

Mr. Gregson, que ouvira esse discurso com considerável impaciência, não pôde mais se conter. "Olhe aqui, Mr. Sherlock Holmes", disse, "estamos todos prontos a reconhecer que é um homem sagaz, e que tem seus próprios métodos de trabalho. Mas agora queremos algo mais que mera teoria e pregação. Trata-se de agarrar o homem. Já expus meu ponto de vista, e parece que estava errado. O jovem Charpentier não poderia estar envolvido nesse segundo crime. Lestrade saiu à procura de seu homem, Stangerson, e parece que estava errado também. O senhor semeou insinuações por aqui e por ali, e parece saber mais que nós, mas sentimos a esta altura que temos o direito de lhe perguntar diretamente o quanto sabe do caso. Pode nomear o culpado?"

"Não posso deixar de sentir que Gregson está certo, senhor", observou Lestrade. "Nós dois tentamos, e nós dois fracassamos. O senhor comentou mais de uma vez desde que estou nesta sala que dispunha de todos os indícios de que necessita. Certamente não se calará por mais tempo."

"Qualquer atraso na detenção do assassino", observei, "poderia lhe dar tempo para perpetrar alguma nova atrocidade."

Assim, pressionado por todos nós, Holmes mostrou sinais de indecisão. Continuou a andar de um lado para outro da sala, a cabeça afundada no peito e as sobrancelhas abaixadas, como era seu hábito quando perdido em pensamentos.

"Não haverá mais assassinatos", disse por fim, parando abruptamente e nos encarando. "Podem considerar essa hipótese fora de cogitação. Perguntaram-me se sei o nome do assassino. Sei. O mero conhecimento de seu nome tem pouca importância, porém, comparado com a capacidade de pôr as mãos sobre ele. Isso é algo que pretendo fazer muito em breve. Tenho esperanças de consegui-lo através de meus próprios arranjos; mas é algo que precisa ser conduzido com habilidade, pois estamos às voltas com um homem astuto e desesperado, que é auxiliado, como já tive ocasião de provar, por outro tão esperto quanto ele. Enquanto esse homem não tiver nenhuma suspeita de que alguém pode ter uma pista, há alguma chance de agarrá-lo; mas se tivesse a mais ligeira desconfiança, poderia mudar de nome e desaparecer num instante em meio aos quatro milhões de habitantes desta grande cidade. Sem pretender ferir os sentimentos de qualquer dos dois, sou obrigado a dizer que considero esses homens superiores à força oficial, e é por isso que não pedi sua ajuda. Se eu fracassar, a culpa por essa omissão será toda minha; mas estou preparado para isso. No momento estou pronto para prometer que assim que puder me comunicar com vocês sem pôr em risco meus próprios arranjos, eu o farei."

Gregson e Lestrade pareceram muito pouco satisfeitos com essa promessa, ou pela alusão depreciativa à polícia investigativa. O primeiro havia ruborizado até as raízes de seu cabelo louro, enquanto os olhinhos redondos do outro cintilavam de curiosidade e ressentimento. Nenhum dos dois teve tempo para falar, no entanto, antes que ouvíssemos uma batida à porta, e o porta-voz dos moleques de rua, o jovem Wiggins, introduzisse sua insignificante e repugnante pessoa.

"Por favor, senhor", disse ele, tocando o topete, "estou com o fiacre lá embaixo."

"Bom menino", disse Holmes afavelmente. "Por que vocês não introduzem este modelo na Scotland Yard?" continuou, tirando um par de algemas de aço de uma gaveta. "Vejam como a mola funciona bem. Elas se fecham num instante."

"O modelo antigo é bastante bom", observou Lestrade, "desde que consigamos encontrar o homem em quem colocá-lo."

"Ótimo, ótimo", disse Holmes sorrindo. "O cocheiro pode perfeitamente me ajudar com minhas caixas. Peça-lhe para subir, Wiggins."

Fiquei surpreso ao ver meu companheiro falando como se estivesse prestes a partir em viagem, já que não me dissera nada sobre isso. Havia na sala uma maleta, que ele puxou e começou a amarrar com correias. Estava ativamente ocupado com isso quando o cocheiro entrou.

"Dê-me uma ajuda com esta fivela, cocheiro", disse, ajoelhando-se junto à mala e sem virar em momento algum a cabeça.

O sujeito avançou com um ar um tanto mal-humorado, desafiador, e estendeu as mãos para ajudar. Nesse instante ouviu-se um estalido seco, o tinido do metal, e Sherlock Holmes levantou-se de um salto novamente.

"Cavalheiros", exclamou, os olhos faiscando, "permitam que lhes apresente Mr. Jefferson Hope, o assassino de Enoch Drebber e de Joseph Stangerson."

"O homem era tão forte e violento que nós quatro fomos muitas vezes jogados longe." [Richard Gutschmidt, *Späte Rache*, Stuttgart, Robert Lutz Verlag, 1902]

A coisa toda aconteceu num átimo — tão rapidamente que não tive tempo de compreendê-la. Tenho uma vívida lembrança daquele instante, da expressão triunfante de Holmes e do timbre de sua voz, do semblante aturdido e furioso do cocheiro ao contemplar as algemas reluzentes que pareciam ter aparecido nos seus punhos por um toque de mágica. Por um ou dois segundos, mais parecíamos um grupo de estátuas. Em seguida, com um rugido inarticulado de fúria, o prisioneiro desvencilhou-se do domínio de Holmes e arremessou-se pela janela. Madeira e vidraça cederam diante dele; mas antes que desaparecesse, Gregson, Lestrade e Holmes pularam sobre ele como cães veadeiros. Arrastaram-no de volta para sala e deram início a um terrível conflito. O homem era tão forte e violento que nós quatro fomos muitas vezes jogados longe. Ele parecia ter a força convulsiva de um homem em crise epiléptica. Tinha o rosto e as mãos terrivelmente lacerados por sua passagem pela vidraça, mas a perda de sangue em nada diminuía sua resistência. Só depois que Lestrade conseguiu enfiar a mão por dentro da sua gravata e quase estrangulá-lo foi possível fazê-lo compreender que sua luta era inútil; e, mesmo então, não nos sentimos seguros até que lhe amarramos os pés e as mãos. Isso feito, erguemo-nos sem fôlego e arquejantes.

"Estamos com o fiacre dele", disse Sherlock Holmes. "Servirá para que o levem à Scotland Yard. E agora, cavalheiros", continuou com um sorriso agradável, "chegamos ao fim de nosso pequeno mistério. Fiquem à vontade para me fazer tantas perguntas quanto queiram agora, e não há perigo de que me recuse a respondê-las."

PARTE II

A terra dos Santos

I. Na Grande Planície Alcalina

Na parte central do grande continente norte-americano situa-se um deserto árido e inóspito, que por longos anos foi uma barreira contra o avanço da civilização. De Sierra Nevada ao Nebraska, e do rio Yellowstone, no norte, até o Colorado, no sul, estende-se uma zona de desolação e silêncio. Tampouco a Natureza está sempre com o mesmo humor em todo esse soturno território. Ela abrange altas montanhas com picos nevados e vales profundos e sombrios. Há rios impetuosos que se arremessam por cânions recortados; há planícies enormes que no inverno ficam brancas com a neve e no verão são cinzentas com a poeira salina de álcali. Em tudo isso se preservam, contudo, as características comuns da esterilidade, da inospitalidade e da miséria.

Não há habitantes nessa terra de desesperança. Um bando de pawnees ou de *blackfeet* pode atravessá-la vez por outra para chegar a outras áreas de caça, mas os mais intrépidos dos bravos ficam felizes ao perder de vista essas planícies aterradoras e encontrar-se uma vez mais em suas pradarias. O coiote espreita em meio à vegetação enfezada, o busardo bate as asas pesadamente pelo ar e o urso caminha desajeitado pelas ravinas escuras, colhendo seu sustento como pode em meio às rochas. São esses os únicos habitantes do deserto.

Não há no mundo todo panorama mais desolado que o que se divisa da encosta norte de Sierra Blanco. Até onde a vista alcança, estende-se a grande e chata planície, toda salpicada de manchas de álcali e cortada por trechos de chaparral. No limite extremo do horizonte, ergue-se uma longa cadeia de cumes montanhosos, com seus picos irregulares salpicados de neve. Nesse grande território não se vê um sinal de vida, nem coisa alguma que pertença à vida. Não se vê nenhuma ave no céu cor de aço, nenhum movimento sobre a terra fosca, cinzenta — acima de tudo, reina absoluto silêncio. Por mais que se agucem os ouvidos, não há sombra de som em todo esse enorme deserto; nada senão silêncio — silêncio completo e opressivo.

Foi dito que não há nada que pertença à vida na vasta planície. Não é verdade. Olhando-se de Sierra Blanco, vê-se um caminho traçado através do deserto, que serpenteia e se perde na extrema distância. Está sulcado por rodas e pisoteado por muitos aventureiros. Aqui e ali se espalham objetos brancos que brilham ao sol, destacando-se contra o depósito fosco de álcali. Aproxime-se e examine-os! São ossadas; algumas grandes e grosseiras, outras menores e mais delicadas. As primeiras pertenceram a bois, as últimas a homens. Ao longo de dois mil e quatrocentos quilômetros é possível rastrear essa rota macabra de caravanas por esses vestígios dispersos dos que tombaram à beira do caminho.

No dia 4 de maio de 1847, um viajante solitário contemplava exatamente esse cenário. Sua aparência era tal que podia ser o próprio gênio ou o demônio da região. Um observador teria tido dificuldade em dizer se estava mais perto dos quarenta ou dos sessenta anos. Seu rosto era magro e abatido, e a pele morena rugosa como um pergaminho esticava-se sobre os ossos salientes; a barba e o cabelo castanhos e compridos estavam raiados de branco; os olhos, fundos nas órbitas, ardiam com um brilho anormal; ao passo que a mão que agarrava a carabina não tinha muito mais carne que a de um esqueleto. Enquanto ali ficava, apoiou-se em sua arma para se manter em pé, mas sua figura alta e o arcabouço sólido dos ossos sugeriam uma constituição forte e vigorosa. A face macilenta, contudo, e as roupas que pendiam tão frouxas sobre os membros engelhados proclamavam o que lhe dava aquela aparência senil e decrépita. O homem estava morrendo — morrendo de fome e de sede.

Havia descido penosamente a ravina e prosseguira até essa pequena elevação, na vã esperança de avistar algum sinal de água. Agora a grande planície de sal estendia-se diante de seus olhos, e o cinturão distante de montanhas inóspitas, sem um sinal em parte alguma de planta ou árvore que pudesse indicar a presença de umidade. Em toda essa vasta paisagem não havia um lampejo de esperança. Norte, leste e oeste, ele olhou com olhos desvairados, indagadores, e depois se deu conta de que sua perambulação chegara ao fim, e que ali, naquele penhasco estéril, estava prestes a morrer. "Por que não aqui, tão bem quanto num leito de plumas daqui a vinte anos?" murmurou, sentando-se ao abrigo de um penedo.

Antes de se sentar, depositara no chão sua carabina inútil e também um grande fardo embrulhado num xale cinza, que vinha carregando a tiracolo sobre o ombro direito. Parecia um pouco pesado demais para suas forças, pois quando o baixava ele caiu no solo com alguma violência. Imediatamente irrompeu um gemido do embrulho cinza, e dele surgiu um rostinho assustado, com olhos castanhos muito brilhantes e dois pequenos punhos cheios de covinhas.

"Você me machucou!" disse uma vozinha infantil, em tom de repreensão.

"Foi mesmo?" respondeu o homem, condoído. "Não foi por querer." Enquanto falava, abriu o xale cinza e libertou uma linda menina de cerca de cinco anos, cujos sapatos delicados e o primoroso vestido cor-de-rosa com seu aventalzinho de linho revelavam todos os cuidados de uma mãe. A criança estava pálida e abatida, mas seus braços e pernas saudáveis mostravam que havia sofrido menos que seu companheiro.

"Melhorou?" perguntou ele aflito, porque ela continuava esfregando os cachos dourados que lhe cobriam a nuca.

"Dê um beijo para sarar", disse ela, muito séria, estendendo-lhe o lugar dolorido. "Era assim que a mamãe fazia. Onde está a mamãe?"

"Sua mãe foi embora. Acho que você não vai demorar muito a vê-la de novo."

"Embora?" disse a menininha. "Engraçado, não me disse até logo; ela sempre dizia, mesmo que fosse só tomar um chá com a titia, e agora faz três dias que está longe. Mas está muito seco, não é? Não há um pouco de água, nem nada para a gente comer?"

"Não, não há nada, meu bem. Você só precisa ter um pouco de paciência, depois ficará tudo bem. Encoste a cabeça em mim, assim, e se sentirá mais valente. Não é fácil falar quando os lábios parecem couro, mas acho que é melhor lhe dizer a quantas andamos. Que tem aí?"

"Coisas bonitas! Lindas!" exclamou a menina com entusiasmo, segurando dois resplandecentes fragmentos de mica. "Quando a gente voltar para casa vou dá-las para o meu irmão Bob."

"Logo verá coisas mais bonitas que essas", disse o homem, convicto. "Espere só um pouco. Mas eu ia lhe contar... lembra-se de quando deixamos o rio?"

"Lembro, sim."

"Bem, a gente contava chegar logo a um outro rio, entende. Mas alguma coisa deu errado; a bússola, ou o mapa, sei lá, e o rio não apareceu. A água acabou. Só sobraram umas gotinhas para crianças como você e... e..."

"E você não pôde nem se lavar", interrompeu sua companheira gravemente, contemplando seu rosto enfarruscado.

"Não, nem beber. E Mr. Bender, ele foi o primeiro a partir, depois o índio Pete, depois Mrs. McGregor e depois Johnny Hones, e depois, querida, foi a sua mãe."

"Então mamãe morreu também", exclamou a menina, escondendo o rosto no avental e soluçando amargamente.

"Sim, foram todos embora, a não ser você e eu. Então achei que havia alguma possibilidade de encontrar água nesta direção, e vim me arrastando com você no ombro. Mas parece que a situação não melhorou. Só nos resta uma chance muito pequena agora!"

"Quer dizer que vamos morrer também?" perguntou a criança, contendo os soluços e erguendo o rosto molhado.

"Acho que sim."

"Por que não disse antes?" disse ela, rindo alegremente. "Você me deu um susto! Ora, já que vamos morrer, é claro que vamos encontrar a mamãe de novo."

"Sim, você vai, querida."

"E você também. Vou contar para ela como você foi bom. Aposto que ela vai esperar a gente na porta do Céu, com uma grande bilha d'água, e uma porção de bolinhos quentes, tostados dos dois lados como eu e o Bob gostávamos. Quanto tempo vai demorar?"

"Não sei... não muito tempo." Os olhos do homem estavam fixos no horizonte norte. Na abóbada azul do céu haviam aparecido três pontinhos que cresciam a cada instante, tão rapidamente se aproximavam. Logo se definiram em três grandes aves marrons que voaram em círculo sobre as cabeças dos dois caminhantes, e depois pousaram sobre algumas rochas acima deles. Eram busardos, os abutres do Oeste, cuja chegada é precursora da morte.

"Galinhas!" exclamou a menina, apontando para suas formas agourentas, e batendo as mãos para enxotá-los. "Diga, foi mesmo Deus que fez este lugar?"

"Claro que foi", disse seu companheiro, um tanto surpreso com essa pergunta inesperada.

"Ele fez a terra de Illinois, e fez o Missouri", continuou a menina. "Mas acho que outra pessoa fez estas terras daqui, porque não é tão bem-feito. Esqueceram a água e as árvores."

"Que acha da ideia de rezar?" perguntou o homem timidamente.

"Ainda não é de noite", retrucou ela.

"Não faz mal. Não é muito comum, mas Ele não se importará, pode acreditar. Diga aquelas orações que costumava dizer toda noite no carroção, quando estávamos nas Planícies."

"Você também não vai rezar?" perguntou a menina, admirada.

"Esqueci como se reza", respondeu. "Nunca mais rezei desde que tinha a metade da altura desta arma. Mas acho que nunca é tarde demais. Você reza, eu fico ao lado e me junto a você nos estribilhos."

"Nesse caso, precisa se ajoelhar, e eu também", disse ela, estendendo o xale no chão para esse fim. "Tem que erguer as mãos assim. Isso faz a gente se sentir bem."

Teria sido um estranho espetáculo, se houvesse ali alguém além dos busardos para contemplá-lo. Os dois caminhantes ajoelharam-se lado a lado sobre o xale estreito, a menina tagarela e o aventureiro afoito e calejado. O rosto rechonchudo e o semblante abatido e anguloso voltaram-se ambos para o céu sem nuvens numa sentida súplica àquele terrível Ser com quem estavam face a face, enquanto as duas vozes — uma fina e clara, a outra grave e áspera — se uniam num rogo de misericórdia e perdão. A prece terminou e eles voltaram a se sentar à sombra do penedo, até que a menina adormeceu, aninhando-se no peito largo do seu protetor. Ele velou o sono dela por algum tempo, mas a Natureza provou-se forte demais para ele. Durante três dias e três noites não se permitira trégua nem repouso. Pouco a pouco as pálpebras caíram sobre os olhos cansados, e a cabeça tombou cada vez mais sobre o peito, até que a barba grisalha do homem se misturou aos cachos de ouro de sua companheira, e os dois mergulharam no mesmo sono profundo e sem sonhos.

Tivesse o caminhante permanecido acordado por mais meia hora, seus olhos teriam se deparado com uma estranha visão. Muito longe, no limite extremo na planície alcalina, surgiu um borrifo de poeira; de início era muito tênue, quase indistinguível da névoa da distância, mas pouco a pouco ficou mais alto e mais largo, até formar uma nuvem sólida e bem definida. Essa nuvem continuou a crescer até se tornar evidente que só podia ser levantada por uma grande multidão de criaturas em movimento. Em lugares mais férteis o observador teria chegado à conclusão de que uma daquelas grandes manadas de bisões que pastam pela pradaria se aproximava. Naqueles ermos áridos, isso era obviamente impossível. À medida que o turbilhão de poeira se aproximava do penhasco solitário onde os dois párias repousavam, os dosséis cobertos de lona dos carroções e as figuras de cavaleiros armados começaram a despontar através da névoa, e a aparição revelou ser uma grande caravana a caminho do Oeste. Mas que caravana! Quando sua frente chegara à base das montanhas, a retaguarda ainda não era visível no horizonte. Cortando a imensa planície, estendia-se o cortejo disperso, carroções e carretas, homens a cavalo e homens a pé. Incontáveis mulheres que cambaleavam sob fardos, e crianças que caminhavam hesitantes ao lado dos carroções ou espiavam por sob as coberturas brancas. Esse não era evidentemente um grupo comum de imigrantes, mas algum povo nômade compelido pela força das circunstâncias a buscar uma nova terra para si. Através do ar límpido, elevava-se um vozerio confuso dessa grande massa humana, junto com o ranger das rodas e o relinchar dos cavalos. Mas, por alto que fosse, o barulho não bastou para despertar os dois cansados viandantes acima deles.

À testa da coluna cavalgava uma vintena ou mais de homens graves, de semblantes duros, vestidos em roupas simples e escuras e armados com carabinas. Ao chegar à base do penhasco, pararam e mantiveram um breve conselho entre si.

"Os poços ficam à direita, meus irmãos", disse um deles, um homem de cabelo grisalho, barba feita e lábios duros.

"À direita de Sierra Blanco... assim chegaremos ao Rio Grande", disse um outro.

"Não temam a falta de água", exclamou um terceiro. "Aquele que a fez brotar das rochas não abandonará agora o seu povo escolhido."

"Amém! Amém!" respondeu todo o grupo.

Estavam prestes a recomeçar a viagem quando um dos mais jovens e de visão mais aguçada lançou uma exclamação e apontou para o penhasco tortuoso acima deles. Lá no alto, esvoaçava um pequeno tufo cor-de-rosa, destacando-se nítida e vivamente contra as rochas cinzentas atrás. Àquela visão, cavalos foram refreados e armas empunhadas, enquanto novos cavaleiros acorriam galopando para reforçar a vanguarda. A palavra "peles-vermelhas" estava em todos os lábios.

"Não pode haver nenhum índio aqui", disse o ancião que parecia estar no comando. "Deixamos para trás os pawnees, e não há outras tribos até cruzarmos as grandes montanhas."

"Devo avançar para ver, irmão Stangerson?" perguntou um do bando.

"Eu também", "Eu também", gritaram muitas vozes.

"Deixem seus cavalos embaixo e vamos esperá-los aqui", respondeu o ancião. Num instante os jovens haviam apeado, amarrado seus cavalos e escalavam a encosta íngreme que levava ao objeto que lhes excitara a curiosidade. Avançavam rápida e silenciosamente, com a confiança e a destreza de batedores experientes. Os que observavam da planície podiam vê-los saltar de rocha em rocha até que suas silhuetas se recortaram contra a linha do horizonte. O rapaz que primeiro dera o alarme os liderava. De repente seus seguidores o viram erguer as mãos para o céu, como se dominado pelo espanto, e, alcançando-o, ficaram igualmente impressionados com a visão com que se depararam.

No pequeno platô que coroava o monte estéril via-se um único penedo gigantesco, e contra ele estava deitado um homem alto, de barba comprida e traços duros, mas de uma excessiva magreza. Seu semblante plácido e a respiração regular mostravam que dormia profundamente. Junto dele estendia-se uma criança, seus bracinhos brancos e roliços envolvendo-lhe o pescoço queimado e vigoroso, a cabeça loura pousada sobre o peito de sua túnica de belbutina. Os lábios rosados da menina, entreabertos, mostravam uma linha regular de dentes muito brancos, e um sorriso maroto brincava sobre seus traços infantis. As perninhas rechonchudas e brancas, terminando em meias brancas e sapatos elegantes com fivelas reluzentes, ofereciam um estranho contraste com os membros compridos e engelhados do companheiro. Na saliência da rocha acima desse estranho par, estavam pousados três busardos solenes, que, à visão dos recém-chegados, soltaram gritos roucos de desapontamento e levantaram voo soturnamente.

Os gritos das aves imundas despertaram os adormecidos, que olharam atônitos à sua volta. O homem se levantou cambaleando e contemplou lá embaixo a planície, tão desolada quando o sono o vencera, e agora atravessada por aquela enorme massa de homens e animais. Com uma expressão de incredulidade no rosto, passou sua mão ossuda sobre os olhos. "Deve ser isto que chamam de delírio, com certeza", murmurou. A criança, de pé a seu lado, segurando-lhe a aba do paletó, nada dizia, mas passeava em torno de si o olhar assombrado e inquisitivo da infância.

O grupo de resgate não demorou a convencer os dois párias de que sua aparição não era nenhum delírio. Um deles recolheu a menina e empoleirou-a sobre o ombro, enquanto os outros amparavam seu macilento companheiro, ajudando-o a chegar aos carroções.

"Meu nome é John Ferrier", o viajante explicou; "eu e essa pequena somos os únicos que sobraram de vinte e uma pessoas. Os outros morreram todos de sede e de fome pelas bandas do sul."

"Ela é sua filha?" perguntou alguém.

"Acho que agora é", exclamou o outro, desafiadoramente; "é minha, porque a salvei. Nenhum homem a tirará de mim. De hoje em diante ela é Lucy Ferrier. Mas quem são vocês?" continuou, olhando com curiosidade para seus salvadores vi-

"Um deles recolheu a menina e empoleirou-a sobre o ombro."
[W.M.R. Quick (possivelmente Quick foi o gravador; o artista, D.H. Friston), *Beeton's Christmas Annual*, 1887]

gorosos e queimados de sol. "Parece que são uma infinidade de gente."

"Quase dez mil", disse um dos rapazes, "somos os filhos perseguidos de Deus... os escolhidos do anjo Moroni."

"Nunca ouvi falar dele", disse o viajante. "Parece ter escolhido uma multidão enorme."

"Não graceje com o que é sagrado", disse o outro, severamente. "Somos daqueles que creem naqueles escritos sagrados, gravados em letras egípcias em lâminas de ouro batido, entregues ao santo Joseph Smith em Palmyra. Viemos de Nauvoo, no estado de Illinois, onde tínhamos fundado nosso templo. Viemos em busca de refúgio dos homens violentos e dos ímpios, mesmo que seja no coração do deserto."

O nome Nauvoo evidentemente trouxe lembranças a John Ferrier. "Entendo", disse, "vocês são os mórmons."

"Somos os mórmons", responderam seus companheiros a uma só voz.

"E para onde vão?"

"Não sabemos. A mão de Deus nos guia sob a pessoa que é nosso Profeta. Vamos levá-lo à sua presença. Ele dirá o que deve ser feito com você."

A essa altura, haviam chegado à base do monte e estavam cercados por multidões de peregrinos — mulheres pálidas de ar humilde, crianças fortes e risonhas, e homens preocupados de olhar sério. Muitos foram os gritos de espanto e comiseração que brotaram deles quando perceberam a juventude de um dos estranhos e a miséria do outro. Mas sua escolta não se deteve, seguindo em frente, acompanhada por um grande grupo de mórmons, até chegar a um carroção que se destacava pelo grande tamanho e o aspecto vistoso e elegante. Seis cavalos estavam atrelados a ele, ao passo que os outros tinham apenas dois, ou no máximo quatro cada um. Junto do cocheiro sentava-se um homem que não podia ter mais de trinta anos, mas cuja cabeça grande e expressão resoluta o assinalavam como um chefe. Lia um volume de capa marrom, mas quando a multidão se aproximou deixou-o de lado e ouviu com atenção um relato do episódio. Em seguida voltou-se para os dois párias.

"Só poderemos levá-los conosco", disse, com palavras solenes, "como crentes em nosso credo. Não teremos nenhum lobo em nosso aprisco. Seria muito melhor que seus ossos alvejassem neste deserto do que virem vocês a provar serem aquela manchinha de degradação que com o tempo corrompe todo o fruto. Querem vir conosco nestes termos?"

"Acho que irei com vocês em quaisquer termos", disse Ferrier, com tal ênfase que os graves anciãos não puderam conter um sorriso. Apenas o chefe conservou sua expressão severa, impressionante.

"Leve-o, irmão Stangerson", disse ele, "dê-lhe de comer e de beber, e à criança também. Encarregue-se ainda de ensinar-lhe nosso santo credo. Já nos atrasamos demais. Avante! Rumemos para o Sião!"

"Rumemos para o Sião!" bradou a multidão de mórmons, e as palavras ondularam pela longa caravana, passando de boca em boca até morrer num murmúrio surdo à distância. Com um estalar de chicotes e um ranger de rodas os grandes carroções puseram-se em movimento, e logo toda a caravana serpenteava novamente. O ancião a cujos cuidados os dois proscritos haviam sido confiados levou-os para seu carroção, onde uma refeição já os esperava.

"Ficarão aqui", disse-lhes. "Em poucos dias terão se recuperado de suas fadigas. Nesse meio-tempo, lembrem-se de que pertencem agora e para sempre à nossa religião. Assim disse Brigham Young, e ele falou com a voz de Joseph Smith, que é a voz de Deus."

II. A flor de Utah

Este não é o lugar para celebrar as provações e privações sofridas pelos migrantes mórmons antes de chegarem a seu refúgio final. Das margens do Mississippi até as vertentes ocidentais das Montanhas Rochosas, eles haviam lutado com uma constância quase sem paralelo na história. O homem selvagem e o animal selvagem, a fome, a sede, a fadiga e a doença — cada obstáculo que a Natureza pôs no seu caminho foi transposto com tenacidade anglo-saxã. Contudo, a longa viagem e os terrores acumulados haviam abalado os corações dos mais corajosos deles. Não houve um que não tivesse caído de joelhos numa prece sentida quando divisaram a seus pés o amplo vale de Utah banhado de sol, e souberam por seu chefe que aquela era a terra prometida e que aquelas terras virgens deveriam ser deles para todo o sempre.

Young logo se provou um hábil administrador, bem como um chefe decidido. Foram traçados mapas e projetos que esboçavam a futura cidade. Em toda a sua volta, fazendas foram demarcadas e distribuídas segundo a posição de cada indivíduo. O comerciante foi encaminhado para seu negócio e o artesão para seu ofício. Na cidade, ruas e praças brotavam como num passe de mágica. No campo drenava-se e cercava-se, plantava-se e limpava-se, até que o verão seguinte viu toda a região dourada com os trigais. Tudo prosperava na estranha colônia. Acima de tudo, o grande templo que eles erguiam no centro da cidade ficava cada vez mais alto e maior. Desde os primeiros alvores da aurora até o fim do crepúsculo, o tinido do martelo e o som áspero da serra nunca estavam ausentes do monumento que os imigrantes erigiram Àquele que os guiara em segurança em meio a tantos perigos.

Os dois párias, John Ferrier e a menininha que havia partilhado sua sorte e sido adotada como sua filha, acompanharam os mórmons até o fim de sua grande peregrinação. A pequena Lucy Ferrier foi conduzida de maneira bastante confortável no carroção do ancião Stangerson, um abrigo que ela partilhava com as três esposas do mórmon e seu filho, um menino voluntarioso e atrevido de doze anos. Tendo se refeito, com a elasticidade da infância, do choque causado pela morte da mãe, ela logo se tornou a queridinha das mulheres e se resignou à sua nova vida nessa casa móvel coberta de lona. Nesse meio-tempo, Ferrier, tendo se recuperado de suas privações, distinguiu-se como um guia útil e um incansável caçador. Ganhou tão rapidamente a estima de seus novos companheiros que, quando chegaram ao fim de suas perambulações, foi decidido por unanimidade que ele devia receber um trato de terra tão grande e fértil quanto qualquer dos colonos, com exceção do próprio Young e de Stangerson, Kemball, Johnston e Drebber, que eram os principais anciãos.

Na fazenda assim adquirida, John Ferrier construiu uma sólida casa de troncos, que recebeu tantos acréscimos em anos subsequentes que se transformou numa espaçosa vivenda. Era um homem de mentalidade prática, arguto nos negócios e habilidoso com as mãos. Sua constituição de ferro lhe permitia trabalhar da manhã à noite na melhoria e no cultivo de suas terras. Ocorreu, assim, que sua fazenda e tudo que lhe pertencia prosperaram barbaramente. Em três anos estava em situação melhor que seus vizinhos. Em seis estava abastado, em nove estava rico, e em doze não havia meia dúzia de homens em toda Salt Lake City que se lhe comparasse. Do grande mar interior até as distantes Montanhas Wasatch, não havia nome mais conhecido que o de John Ferrier.

Havia um ponto, e apenas um, em que ele ofendia as suscetibilidades de seus correligionários. Nenhum argumento ou persuasão pôde jamais induzi-lo a fundar um harém, à maneira de seus companheiros. Nunca deu razões para sua persistente recusa, contentando-se em prosseguir resoluta e inflexivelmente em sua determinação. Alguns o acusavam de indiferença à religião que adotara, outros atribuíam aquilo à cobiça por riquezas e à relutância em incorrer em gastos. Outros ainda falavam de algum caso de amor da juventude, e de uma moça loura que definhara à margem do Atlântico. Fosse qual fosse a razão, Ferrier permanecia estritamente celibatário. Em todos os demais aspectos, conformava-se à religião da jovem colônia e ganhou fama de ser um homem reto e ortodoxo.

Lucy Ferrier cresceu na casa de troncos e ajudava seu pai adotivo em todos os seus empreendimentos. O ar vivo da montanha e o odor balsâmico dos pinheiros foram a ama e a mãe da menina. Ano após ano, ela foi ficando cada vez mais alta e forte, as faces mais coradas e o passo mais elástico. Muitos dos que passavam pela estrada principal que cortava a fazenda de Ferrier sentiam reviver em suas mentes pensamentos esquecidos havia muito quando viam a figurinha da menina saltitando pelos trigais, ou a encontravam montada no arisco cavalo do pai, conduzindo-o com toda a facilidade e graça de uma verdadeira filha do Oeste. Assim o botão transformou-se numa flor, e o ano que viu seu pai como o mais rico dos fazendeiros fez dela o mais lindo espécime de jovem americana que podia ser encontrado em toda a costa do Pacífico.

Não foi o pai, contudo, quem primeiro descobriu que a criança se transformara na mulher. Isso raramente acontece nesses casos. Essa mudança misteriosa é demasiado sutil e gradual para ser medida por datas. A própria donzela dá-se ainda menos conta disso, até que o tom de uma voz ou o toque de uma mão lhe deixe o coração palpitando no peito, e ela aprenda, com um misto de orgulho e medo, que uma nova e mais ampla natureza despertou dentro de si. São poucas as que não conseguem se lembrar desse dia e recordar aquele pequeno incidente que anunciou a aurora de uma nova vida. No caso de Lucy Ferrier, a ocasião foi bastante séria em si mesma, independentemente de sua futura influência em seu destino e no de muitos outros.

Era uma manhã quente de junho, e os Santos dos Últimos Dias estavam atarefados como as abelhas, cuja colmeia haviam escolhido como emblema. Nos campos e nas ruas elevava-se o mesmo zumbido de indústria humana. Pelas estradas empoeiradas desfilavam longas fileiras de burros pesadamente carregados, todos rumando para o Oeste, pois a febre do ouro começara na Califórnia e a rota terrestre passava pela Cidade do Eleito. Viam-se também nelas rebanhos de ovelhas e bois vindo das pastagens distantes e cortejos de imigrantes cansados, homens e cavalos, igualmente fatigados após sua interminável jornada. Através dessa aglomeração multicor, abrindo caminho com a habilidade de uma amazona consumada, galopava Lucy Ferrier, o rosto claro corado com o exercício e os longos cabelos castanhos flutuando atrás de si. O pai lhe dera uma incumbência na cidade, e corria como fizera muitas vezes antes, com todo o destemor da juventude, pensando apenas em sua tarefa e em como devia ser desempenhada. Os aventureiros empoeirados contemplavam-na com espanto, e até os índios impassíveis, viajando com suas peles, emergiam de seu costumeiro estoicismo, maravilhando-se com a beleza da jovem cara-pálida.

Lucy chegara aos arredores da cidade quando viu a estrada bloqueada por um grande rebanho de gado, conduzido por meia dúzia de vaqueiros rudes vindos das planícies. Em sua impaciência, tentou transpor esse obstáculo empurrando seu cavalo no que lhe pareceu uma brecha. Mal entrara nela, porém, os animais se juntaram atrás de si, e ela viu-se completamente mergulhada naquela torrente de bois de chifres compridos e olhos ferozes. Acostumada como estava a lidar com gado, não ficou alarmada com a situação, tirando proveito de todas as oportunidades para impelir seu cavalo, na esperança de abrir caminho. Infelizmente os chifres de uma das criaturas, por acidente ou desígnio, espetaram com força a ilharga do cavalo, deixando-o enlouquecido. Incontinente, o animal empinou-se sobre as patas traseiras com um bufar de fúria e pôs-se a pinotear de tal maneira que teria lançado fora da sela qualquer cavaleiro menos hábil. A situação era perigosíssima. Cada arremetida do cavalo excitado o jogava novamente contra os chifres, e mais o enfurecia. Só o que a moça podia fazer era se manter na sela, mas um escorregão significaria uma morte terrível sob as patas dos pesados e apavorados animais. Pouco acostumada a emergências repentinas, sua cabeça começava a girar e sua mão afrouxava na rédea. Sufocada pela nuvem de poeira que se levantava e pelo fedor dos animais que se debatiam, ela poderia ter se desesperado, não tivesse sido uma voz amiga a seu lado que lhe prometeu ajuda. No mesmo instante uma mão morena e vigorosa agarrou o cavalo assustado pelo freio e, abrindo caminho à força através do rebanho, logo a levou para fora.

"Não está ferida, eu espero, senhorita", disse respeitosamente o salvador. Ela fitou-lhe o semblante sombrio e intenso e não pôde conter o riso. "Estou terrivelmente assustada", disse ingenuamente; "quem diria que Poncho teria tanto medo de um bando de vacas?"

"Graças a Deus manteve-se firme na sela", disse o outro gravemente. Era um rapaz alto, de aspecto rude, montado num vigoroso ruano, com o traje grosseiro de um caçador e uma comprida carabina a tiracolo. "Creio que é a filha de John Ferrier", observou ele. "Eu a vi sair da casa dele. Quando o vir, pergunte se ainda se lembra dos Jefferson Hopes de Saint Louis. Se for o mesmo Ferrier, meu pai e ele foram muito amigos."

"Não seria melhor o senhor mesmo ir indagar?" perguntou ela timidamente.

"Uma mão morena e vigorosa agarrou o cavalo assustado pelo freio." [Geo. Hutchinson, *A Study in Scarlet*, Londres, Ward, Lock Bowden, and Co., 1891]

O rapaz pareceu gostar da sugestão e seus olhos escuros cintilaram de satisfação. "Farei isso", disse. "Passamos dois meses na montanha e não estamos lá muito apresentáveis para uma visita. Ele terá de nos aceitar como estamos."

"Ele tem muito a lhe agradecer, e eu também", respondeu ela, "ele gosta muito de mim. Se uma dessas vacas tivesse pulado sobre mim, ele nunca mais se recuperaria."

"Nem eu", disse seu companheiro.

"O senhor! Bem, não vejo por que isso o afetaria muito. Não é nem mesmo um amigo nosso."

A face sombria do jovem caçador ficou tão triste a essa observação que Lucy Ferrier pôs-se a rir.

“Ouça, não foi isso que quis dizer”, falou; “claro que agora é um amigo. Deve ir nos visitar. Bem, mas preciso ir andando, ou meu pai nunca mais me confiará uma missão. Adeus!”

“Adeus”, respondeu ele, levantando seu largo sombreiro e curvando-se sobre a mãozinha da moça. Ela rodou seu cavalo, fustigou-o com seu chicote e disparou pela larga estrada em meio a uma nuvem de poeira.

O jovem Jefferson Hope seguiu em frente com seus companheiros, desalentado e taciturno. Eles haviam estado nas montanhas de Nevada procurando prata e voltavam para Salt Lake City na esperança de levantar capital suficiente para explorar alguns veios que tinham descoberto. Ele estivera tão entusiasmado quanto qualquer um deles com o negócio até que esse súbito incidente desviara seus pensamentos para outro canal. A visão da bela jovem, franca e saudável como as brisas da Sierra, agitara as profundezas do seu vulcânico e indômito coração. Quando ela desapareceu de sua vista, ele percebeu que chegara a um momento crítico em sua vida, e que nem especulações com prata nem quaisquer outras questões poderiam jamais ser tão importantes para ele como esse novo e absorvente sentimento. O amor que brotara em seu coração não era o capricho súbito e mutável de um menino, mas a paixão arrebatada e ardente de um homem de vontade forte e temperamento impetuoso. Estava acostumado a ser bem-sucedido em tudo que empreendia. Jurou em seu coração que, no que dependesse de esforço e perseverança humana, dessa vez não fracassaria.

Fez uma visita a John Ferrier aquela noite, e voltou muitas vezes, até que seu rosto se tornou familiar na fazenda. John, isolado no vale e absorto em seu trabalho, tivera pouca oportunidade de ter notícias do mundo exterior durante os últimos doze anos. Jefferson Hope podia lhe contar tudo isso, num estilo que interessava tanto a ele quanto a Lucy. Ele fora um pioneiro na Califórnia e podia narrar muitos casos estranhos de fortunas feitas e perdidas naqueles dias belos e turbulentos. Fora também batedor, caçador, mineiro e vaqueiro. Onde quer que aventuras arrebatadoras tivessem se oferecido, Jefferson Hope lá estivera à procura delas. Logo se tornou o predileto do velho fazendeiro, que falava com eloquência de suas virtudes. Nessas ocasiões, Lucy se calava, mas suas faces ruborizadas e seus olhos brilhantes e felizes mostravam muito claramente que seu jovem coração já não lhe pertencia. Seu honrado pai talvez não tivesse notado esses sintomas, mas eles certamente não passavam despercebidos ao homem que lhe conquistara a afeição.

Era uma tarde de verão quando ele veio galopando pela estrada e parou junto à porteira. Ela estava à porta e desceu para encontrá-lo. Ele jogou a rédea sobre a cerca e tomou a trilha.

"Estou de partida, Lucy", disse, tomando-lhe as duas mãos nas suas e fitando-lhe ternamente o rosto; "não vou lhe pedir que venha comigo agora, mas estará disposta a partir comigo quando eu voltar?"

"E quando será isso?" perguntou ela, corando e rindo.

"Passarei uns dois meses fora. Mas voltarei para buscá-la, minha querida. Ninguém poderá se interpor entre nós."

"E quanto a meu pai?"

"Ele deu seu consentimento, contanto que ponhamos essas minas em boas condições de funcionamento. Não tenho nenhum temor por esse lado."

"Ah, bem; é claro, se você e meu pai já acertaram tudo, não há mais nada a dizer", sussurrou ela, a face contra o peito largo do rapaz.

"Graças a Deus!" disse ele, com voz rouca, inclinando-se para beijá-la. "Então está decidido. Quanto mais eu ficar, mais difícil será partir. Estão à minha espera no cânion. Adeus, minha querida… adeus. Em dois meses você me verá."

"Então está decidido. Quanto mais eu ficar, mais difícil será partir." [Richard Gutschmidt, *Späte Rache*, Stuttgart, Robert Lutz Verlag, 1902]

Desvencilhou-se dela enquanto falava e, jogando-se sobre o cavalo, partiu num galope furioso, sem olhar sequer para o lado, como se temendo fraquejar em sua resolução se relanceasse o que deixava. Ela ficou junto à porteira, fitando-o até que ele sumiu de vista. Depois caminhou de volta para casa, a moça mais feliz de todo o Utah.

III. John Ferrier fala com o profeta

Três semanas haviam se passado desde que Jefferson Hope e seus camaradas tinham partido de Salt Lake City. John Ferrier ficava de coração apertado quando pensava no retorno do rapaz e na perda iminente de sua filha adotiva. O rosto luminoso e feliz da jovem, contudo, o reconciliava com a combinação mais do que qualquer argumento o teria feito. Ele decidira havia muito, no fundo de seu coração resoluto, que nada jamais o induziria a permitir que a filha se casasse com um mórmon. A seu ver semelhante união simplesmente não era um casamento, mas uma vergonha e uma desonra. O que quer que pensasse sobre as doutrinas mórmons, nesse ponto era inflexível. Mas era obrigado a se calar acerca do assunto, pois exprimir uma opinião não ortodoxa era perigoso naqueles dias na terra dos Santos.

Sim, perigoso… tão perigoso que mesmo os mais piedosos mal ousavam sussurrar suas opiniões religiosas, temendo que lhes saísse dos lábios algo que pudesse ser mal interpretado e lhes valer uma punição sumária. As vítimas de perseguição haviam agora se transformado em perseguidores, e da pior espécie. Nem a Inquisição de Sevilha, nem os Vehmgerichte alemães, nem as sociedades secretas da Itália jamais foram capazes de pôr em movimento máquina mais formidável que aquela que projetava uma sombra sobre o estado de Utah.

Sua invisibilidade, e o mistério que lhe era associado, tornava sua organização duplamente terrível. Ela parecia onisciente e onipresente, e no entanto não era vista nem ouvida. O homem que se opunha à Igreja desaparecia, sem que ninguém soubesse para onde fora ou o que lhe acontecera. Sua mulher e seus filhos o esperavam em casa, mas nenhum pai jamais retornou para lhes contar como passara nas mãos de seus juízes secretos. Uma palavra ousada ou um ato precipitado eram seguidos por eliminação, e no entanto ninguém sabia qual podia ser a natureza desse terrível poder que pairava sobre eles. Não era de espantar que os homens andassem trêmulos de medo, e que mesmo no coração do deserto não ousassem murmurar as dúvidas que os oprimiam.

De início esse poder vago e terrível havia se exercido apenas sobre os recalcitrantes que, tendo abraçado a fé mórmon, desejaram depois pervertê-la ou abandoná-la. Logo, contudo, assumiu um alcance maior. A provisão de mulheres adultas estava se esgotando, e poligamia sem uma população feminina a que recorrer era de fato uma doutrina estéril. Rumores estranhos começaram a circular... rumores sobre imigrantes assassinados e acampamentos saqueados em regiões onde índios nunca haviam sido vistos. Apareciam novas mulheres nos haréns dos anciãos — mulheres que definhavam e choravam, exibindo em seus semblantes os traços de um horror inextinguível. Viajantes que se atrasavam nas montanhas falavam de bandos de homens armados e mascarados, que passavam furtiva e silenciosamente por eles na escuridão. Essas histórias e rumores ganharam substância e forma, e

"Homens armados e mascarados passavam furtiva e silenciosamente." [Geo. Hutchinson, *A Study in Scarlet*, Londres, Ward, Lock Bowden, and Co., 1891]

foram muitas vezes corroboradas, até se cristalizarem num nome definido. Até hoje, nos ranchos solitários do Oeste, o nome do Bando Danita, ou os Anjos Vingadores, continua sinistro e de mau agouro.

Um maior conhecimento da organização que produzia esses terríveis resultados serviu para aumentar, em vez de reduzir, o horror que ela inspirava na mente dos homens. Ninguém sabia quem pertencia a essa implacável sociedade. Os nomes dos que participavam dos atos de sangue e violência cometidos em nome da religião eram mantidos em profundo segredo. O próprio amigo a quem você comunicava seus receios em relação ao profeta e sua missão podia ser um daqueles que apareceriam à noite para arrancar a ferro e fogo uma terrível reparação. Assim, todo homem tinha medo de seu vizinho e ninguém falava de seus sentimentos mais vivos.

Numa bela manhã, John Ferrier estava prestes a sair para seus trigais quando ouviu um estalo do trinco e, olhando pela janela, viu um homem de meia-idade, corpulento e grisalho, subindo pela trilha. Sentiu o coração na boca, porque se tratava de ninguém menos que o grande Brigham Young em pessoa. Alarmado — pois sabia que essa visita não prometia nada de bom —, Ferrier correu para abrir a porta e cumprimentar o chefe mórmon. Este, contudo, recebeu sua saudação friamente e acompanhou-o com uma fisionomia severa até a sala de estar.

"Irmão Ferrier", disse, sentando-se e lançando um olhar penetrante para o fazendeiro de sob suas pestanas claras, "os verdadeiros crentes têm sido bons amigos seus. Nós o acolhemos quando morria de fome no deserto, partilhamos com você nossa comida, o levamos em segurança para o Vale Escolhido, demos-lhe um bom quinhão de terra e lhe permitimos enriquecer sob nossa proteção. Não é?"

"É verdade", respondeu John Ferrier.

"Em troca de tudo isso impusemos uma única condição: que abraçasse a verdadeira fé e se conformasse em todos os aspectos a seus costumes. Foi o que você prometeu fazer, e foi o que, se o que todos dizem é verdade, você descuidou."

"Descuidei como?" perguntou John Ferrier, erguendo as mãos em protesto. "Não contribuí para o fundo comum? Não frequentei o Templo? Não..."

"Onde estão suas esposas?" perguntou Young, olhando à sua volta. "Chame-as para que eu possa cumprimentá-las."

"É verdade que não me casei", respondeu Ferrier. "Mas as mulheres eram poucas, e muitos tinham mais direitos que eu. Não era um homem sozinho: tinha minha filha para me ajudar."

"É sobre essa filha que gostaria de lhe falar," disse o líder dos mórmons. "Ela se transformou na flor do Utah e agrada aos olhos de muitos homens grados daqui."

John Ferrier gemeu internamente.

"Correm histórias sobre ela em que eu gostaria de não acreditar... histórias de que está comprometida com um gentio. Deve ser um mexerico de línguas ociosas. Qual é a décima terceira regra no código do são Joseph Smith? 'Que toda donzela da verdadeira fé despose um dos eleitos; pois casando-se com um gentio comete um grave pecado.' Sendo assim, é impossível que você, que professa o santo credo, tolere que sua filha o viole."

Sem nada responder, John Ferrier pôs-se a brincar nervosamente com seu chicote.

"Nesse único ponto toda a sua fé será posta à prova... essa foi a decisão do Sacro Conselho dos Quatro. Sua filha é jovem, e não gostaríamos que se casasse de cabeça grisalha, nem a privaríamos de uma escolha. Nós os anciãos temos muitas novilhas, mas nossos filhos também precisam ter as suas. Stangerson tem um rapaz, Drebber tem outro, qualquer dos dois receberia sua filha de bom grado em sua casa. Que ela escolha entre eles. São jovens e ricos, e verdadeiros crentes. Que me diz disso?"

Ferrier continuou em silêncio por alguns instantes, as sobrancelhas franzidas.

"Dê-nos tempo", disse por fim. "Minha filha é muito nova... mal chegou à idade de se casar."

"Ela terá um mês para escolher", disse Young, levantando-se. "Ao fim desse prazo, terá de dar sua resposta."

Quando passava pela porta, virou-se, o rosto afogueado e os olhos cintilantes. "Seria melhor para vocês, John Ferrier", bradou, "que os dois fossem agora esqueletos alvacentos caídos na Sierra Blanco do que virem a opor suas débeis vontades às ordens dos Santos Quatro!"

"Quando passava pela porta, virou-se, o rosto afogueado e os olhos cintilantes." [Geo. Hutchinson, *A Study in Scarlet*, Londres, Ward, Lock Bowden, and Co., 1891]

Com um gesto ameaçador, deu as costas à porta e Ferrier ouviu seus passos pesados esmagando a trilha de seixos.

Continuava sentado, os cotovelos nos joelhos, considerando como abordaria o assunto com a filha, quando uma mão suave pousou sobre seu ombro e, levantando os olhos, ele a viu a seu lado. Uma olhadela em seu rosto pálido, assustado, mostrou-lhe que ela ouvira o que se passara.

"Não pude evitar", disse ela em resposta ao seu olhar. "A voz dele ressoou por toda a casa. Ah, pai, pai, que haveremos de fazer?"

"Não se assuste", respondeu ele, puxando-a para si e acariciando-lhe o cabelo castanho com sua mão grande e áspera. "Resolveremos isso de uma maneira ou de outra. Você não sente sua inclinação por esse rapaz diminuir, não é?"

Um soluço e um aperto de mão foram sua única resposta.

"Não; claro que não. Não gostaria de ouvi-la dizer que sim. Ele é um bom rapaz, e cristão, o que é mais do que se pode dizer desta gente daqui, apesar de todas as suas rezas e pregações. Há um grupo de partida para Nevada amanhã, e darei um jeito de enviar uma mensagem para ele, contando-lhe o apuro em que estamos. Se sei alguma coisa sobre esse rapaz, ele estará aqui de volta com a rapidez de um telegrama."

Lucy riu por entre as lágrimas da comparação do pai.

"Quando ele chegar, nos aconselhará da melhor maneira. Mas é por você que estou assustada, meu querido. Ouvimos... testemunhamos histórias tão horríveis sobre os que se opõem ao profeta... algo terrível sempre lhes acontece."

"Mas ainda não nos opusemos a ele", respondeu o pai. "Teremos de estar preparados para a borrasca quando o fizermos. Mas temos um mês inteiro pela frente; ao fim desse prazo, imagino que o melhor a fazer é fugir de Utah."

"Deixar Utah!"

"Não vejo outra saída."

"Mas e a fazenda?"

"Vamos levantar tudo que pudermos em dinheiro e abandonar o resto. Para lhe dizer a verdade, Lucy, não é a primeira vez que penso em fazer isso. Não gosto de me submeter a nenhum homem, como essa gente com seu maldito profeta. Sou um americano nascido livre, e tudo isso é novo para mim. Acho que estou velho demais para aprender. Se ele vier rondar esta fazenda, corre o risco de topar com uma carga de chumbo grosso viajando na direção oposta."

"Mas não nos deixarão partir", objetou a moça.

"Espere até Jefferson chegar, e encontraremos um jeito. Nesse meio-tempo, não se exaspere, meu bem, e não faça seus olhos incharem, ou ele acabará comigo quando a vir. Não há nada a temer, não corremos nenhum perigo."

John Ferrier pronunciou essas palavras de consolo num tom muito confiante, mas a filha não pôde deixar de observar que ele trancou as portas com inusitado cuidado aquela noite e limpou e carregou cuidadosamente a velha e enferrujada espingarda que ficava pendurada na parede de seu quarto.

IV. Fuga desesperada

Na manhã que se seguiu à sua conversa com o profeta mórmon, John Ferrier foi a Salt Lake City e, tendo encontrado seu conhecido que estava de partida para as montanhas de Nevada, confiou-lhe sua mensagem para Jefferson Hope. Nela, contava ao rapaz o iminente perigo que os ameaçava e dizia-lhe o quanto seu retorno era necessário. Isso feito, sentiu-se mais tranquilo e voltou para casa com o coração mais leve.

Ao se aproximar de sua fazenda, teve a surpresa de ver um cavalo amarrado em cada um dos mourões da porteira. Mais surpreso ainda ficou quando, ao entrar, deparou com dois rapazes instalados na sala de estar. Um, com um rosto pálido e comprido, estava recostado na cadeira de balanço, os pés sobre o fogão. O outro, um jovem de pescoço taurino e traços inchados e grosseiros, estava de pé em frente à janela, as mãos nos bolsos, assobiando um hino popular. Ambos cumprimentaram Ferrier com a cabeça quando ele entrou, e o que estava na cadeira de balanço iniciou a conversa.

"Talvez não nos conheça", disse. "Este é o filho de Elder Drebber e eu sou Joseph Stangerson, que viajou com o senhor no deserto quando o Senhor estendeu Sua mão e o recolheu ao verdadeiro aprisco."

"Como fará com todas as nações quando Lhe aprouver", disse o outro com uma voz nasalada. "Ele mói devagar, mas a farinha é finíssima."

John Ferrier assentiu com a cabeça friamente. Adivinhara quem eram seus visitantes.

"Viemos", continuou Stangerson, "a conselho de nossos pais para pedir a mão de sua filha para aquele de nós que possa parecer bom ao senhor e a ela. Como tenho apenas quatro mulheres e o irmão Drebber aqui tem sete, parece-me que tenho mais direito."

"Não, não, irmão Stangerson", exclamou o outro; "a questão não é quantas esposas temos, mas quantas podemos sustentar. Meu pai acaba de me dar seus moinhos, e sou o mais rico."

"Mas minhas perspectivas são melhores", contestou o outro vivamente. "Quando o Senhor levar meu pai, terei seu curtume e sua fábrica de couro. Depois, sou o mais velho e tenho posição mais elevada na Igreja."

"Caberá à donzela decidir", replicou o jovem Drebber, sorrindo para seu próprio reflexo no espelho. "Entreguemos a ela a decisão."

Durante esse diálogo, John Ferrier permanecera junto à porta, furioso, tentando se conter para não estalar o chicote nas costas de seus dois visitantes.

"Ouçam", disse por fim, caminhando na direção deles, "quando minha filha os chamar, poderão vir, mas até lá não quero ver suas caras de novo."

Os dois jovens mórmons olharam-no espantados. A seu ver, a competição entre eles pela mão da donzela era a mais elevada das honrarias tanto para ela quanto para o pai.

"Há duas maneiras de sair desta sala", exclamou Ferrier; "há a porta e há a janela. Qual preferem usar?"

Seu rosto moreno parecia tão furioso, e suas mãos descarnadas tão ameaçadoras, que os visitantes se levantaram de um salto e saíram às pressas. O velho fazendeiro seguiu-os até a porta.

"Avisem-me quando tiverem decidido qual dos dois será o noivo", disse sardonicamente.

"Você pagará por isto!" gritou Stangerson, branco de raiva. "Desafiou o profeta e o Conselho dos Quatro. Há de se arrepender até o fim de seus dias."

"A mão do Senhor pesará sobre a sua cabeça", gritou o jovem Drebber; "Ele se erguerá e o destruirá!"

"Então começo eu a destruição", exclamou Ferrier, furioso, e teria corrido ao andar superior para pegar sua espingarda se Lucy não o tivesse agarrado pelo braço e contido. Antes que ele conseguisse escapar dela, o tropel das patas dos cavalos lhe disse que eles estavam fora de seu alcance.

"Esses velhacos hipócritas!" exclamou, enxugando o suor da testa. "Prefiro vê-la morta, minha menina, a vê-la casada com qualquer dos dois."

"Eu também prefiro a morte, pai", respondeu ela vivamente; "mas Jefferson logo estará aqui."

"Sim. Não irá demorar a chegar. Quanto antes melhor, pois não sabemos qual poderá ser a próxima jogada deles."

Já era hora, de fato, de que alguém capaz de aconselhar viesse em socorro do velho e resoluto fazendeiro e sua filha adotiva. Em toda a história da colônia, nunca houvera um caso semelhante de flagrante desobediência à autoridade dos anciãos. Se erros menores eram punidos tão severamente, qual poderia ser o destino desse arquirrebelde? Ferrier sabia que sua fortuna e posição de nada lhe valeriam. Outros tão bem reputados e ricos quanto ele haviam sido raptados antes e seus bens dados à Igreja. Era um homem corajoso, mas tremia ante os terrores vagos e incertos que pairavam sobre si. Poderia enfrentar qualquer perigo conhecido com destemor, mas esse suspense era enervante. Ocultou seus medos da filha, porém, e fingiu fazer pouco de tudo aquilo, embora ela, com os olhos argutos do amor, visse claramente que ele estava aflito.

Ele esperava receber alguma mensagem ou advertência de Young com relação à sua conduta, e não estava enganado, embora ela tenha vindo de maneira inesperada. Ao se levantar na manhã seguinte, encontrou, para sua surpresa, um quadradinho de papel espetado na coberta de sua cama, bem em cima de seu peito. Nele se lia, em letras de forma nítidas e apartadas:

VOCÊ TEM VINTE E NOVE DIAS PARA SE CORRIGIR; DEPOIS...

As reticências eram mais amedrontadoras do que qualquer ameaça poderia ter sido. Como esse aviso chegara ao seu quarto deixou John Ferrier terrivelmente intrigado, pois seus criados dormiam num anexo e todas as portas e janelas haviam sido bem fechadas. Ele amassou o papel e nada disse à filha, mas o incidente lhe gelou o sangue nas veias. Os vinte e nove dias eram evidentemente o que restava do mês que Young prometera. Que força ou coragem poderia valer contra um inimigo armado de tão misteriosos poderes? A mão que espetara aquele alfinete poderia tê-lo atingido no coração, e ele jamais saberia quem o matara.

Ficou ainda mais abalado na manhã seguinte. Haviam sentado para o desjejum quando Lucy, com um grito de surpresa, apontou para cima. No centro do teto estava rabiscado, aparentemente com um tição apagado, o número 28. Para sua filha isso pareceu ininteligível, e ele não a esclareceu. Nessa noite ele ficou de vigília com sua arma. Não viu nem ouviu nada, mas de manhã havia um grande 27 pintado do lado de fora de sua porta.

"No centro do teto estava rabiscado, aparentemente com um tição apagado, o número 28." [Charles Doyle, *A Study in Scarlet*, Londres/Nova York, Ward, Lock & Co., 1888]

Assim foi, dia após dia; e, tão infalivelmente quanto a chegada da manhã, ele descobria que seus inimigos invisíveis haviam mantido seu registro, e marcado em algum lugar bem patente quantos dias ainda lhe restavam do mês de graça. Por vezes os números fatais apareciam nas paredes, outras vezes nos assoalhos, ocasionalmente estavam em pequenos cartazes presos no portão do jardim ou nas grades. Com toda a sua vigilância, John Ferrier não conseguiu descobrir de onde esses avisos diários provinham. Era tomado por um horror quase supersticioso à vista deles. Ficou abatido e agitado, e seus olhos tinham a expressão perturbada de um animal acossado. Só lhe restava agora uma esperança na vida, a chegada do jovem caçador de Nevada.

Vinte transformara-se em quinze e quinze em dez, mas não havia notícias do ausente. Um a um os números diminuíam, e continuava não havendo nem sinal dele. Sempre que um cavaleiro galopava pela estrada, ou um cocheiro gritava com sua parelha, o velho fazendeiro corria à porteira, pensando que a ajuda finalmente chegara. Por fim, quando viu cinco dar lugar a quatro, e quatro a três, esmoreceu, e abandonou toda esperança de fuga. Sem ajuda, e com seu limitado conhecimento das montanhas que cercavam a colônia, sabia-se impotente. As estradas mais frequentadas eram rigorosamente vigiadas e guardadas, e ninguém podia transitar por elas sem uma autorização do Conselho. Para onde quer que se virasse, parecia não haver como evitar o golpe que pairava sobre ele. O velho, entretanto, nunca vacilou em sua resolução de renunciar à própria vida antes de consentir no que via como a desonra da filha.

Uma noite, estava sentado sozinho refletindo profundamente sobre suas tribulações, e procurando em vão algum meio de contorná-las. Essa manhã mostrara o número 2 na parede de sua casa e o dia seguinte seria o último do tempo concedido. O que aconteceria então? Todo tipo de fantasias vagas e terríveis invadia-lhe a imaginação. E sua filha... que seria dela depois que ele tivesse partido? Não haveria nenhuma saída da rede invisível lançada sobre eles? Baixando a cabeça sobre a mesa, soluçou à ideia de sua própria impotência.

O que era aquilo? No silêncio, ouviu um leve rumor de madeira arranhada... baixo, mas muito nítido na quietude da noite. Vinha da porta da casa. Ferrier esgueirou-se até o vestíbulo e ouviu atentamente. Após alguns instantes de pausa, o som baixo e insidioso recomeçou. Alguém estava evidentemente batendo muito de leve sobre os painéis da porta. Seria algum assassino da meia-noite que viera levar a cabo as ordens homicidas do tribunal secreto? Ou algum agente assinalando que o último dia de graça havia chegado? Pareceu a John Ferrier que uma morte imediata seria melhor que o suspense que lhe abalava os nervos e gelava o sangue. Dando um salto, puxou o ferrolho e abriu a porta.

Lá fora tudo estava calmo e silencioso. Era uma bela noite e as estrelas brilhavam no céu. O pequeno jardim fronteiro estendia-se diante dos olhos do fazendeiro, limitado pela cerca e a porteira, mas nem ali nem na estrada havia vivalma. Com um suspiro de alívio, Ferrier olhou para a direita e a esquerda, até que, baixando os olhos por acaso para os próprios pés, viu, para seu espanto, um homem deitado de bruços no chão, braços e pernas abertos.

Ficou tão perturbado a essa visão que se encostou na parede com a mão na garganta para sufocar o impulso de gritar. Seu primeiro pensamento foi que a figura prostrada era um homem ferido ou moribundo, mas, ao observá-lo, viu que se retorcia pelo chão e entrava no vestíbulo com a rapidez e o silêncio de uma serpente. Uma vez dentro da casa, o homem levantou-se de um salto, fechou a porta, e revelou ao espantado fazendeiro o semblante arrebatado e resoluto de Jefferson Hope.

"Meu Deus!" disse Ferrier com voz entrecortada. "Que susto você me deu! Por que entrou dessa maneira?"

"Ao observá-lo, viu que se retorcia pelo chão."
[D.H. Friston, *Beeton's Christmas Annual*, 1887]

"Dê-me comida", respondeu o outro com voz rouca. "Não tive tempo para comer ou beber há quarenta e oito horas." Jogou-se sobre a carne fria e o pão que ainda estavam sobre a mesa, do jantar do anfitrião, e devorou-os vorazmente. "Lucy está suportando bem a situação?" perguntou depois de saciado.

"Está. Ela ignora o perigo", respondeu o pai.

"Isso é bom. A casa está sendo vigiada por todos os lados. Foi por isso que entrei me arrastando. Eles podem ser muito espertos, mas não o bastante para apanhar um caçador washoe."

John Ferrier sentiu-se outro homem, agora que sabia ter um aliado devotado. Tomou a mão rija do homem e apertou-a cordialmente. "Orgulho-me de você", disse. "Não são muitos que viriam partilhar nosso perigo e nossas tribulações."

"Isso mesmo, companheiro", respondeu o jovem caçador. "Tenho respeito por você, mas, se eu estivesse sozinho nesse negócio, pensaria duas vezes antes de enfiar a cabeça nesse vespeiro. Foi Lucy quem me trouxe aqui, e, antes que algum mal lhe aconteça, haverá um a menos da família Hope em Utah."

"Que devemos fazer?"

"Amanhã é seu último dia, e a menos que aja esta noite, está perdido. Tenho um burro e dois cavalos esperando no cânion da Águia. Quanto dinheiro você tem?"

"Dois mil dólares em ouro e cinco em notas."

"Será o bastante. Tenho outro tanto para acrescentar a isso. Temos que seguir para Carson City através das montanhas. É melhor acordar Lucy. Ainda bem que os criados não dormem na casa."

Enquanto Ferrier estava ausente, preparando a filha para a viagem iminente, Jefferson arrumou todos os alimentos que conseguiu encontrar num pequeno embrulho e encheu uma jarra de louça de água, pois sabia por experiência que na montanha os poços eram raros. Mal concluíra seus arranjos quando o fazendeiro voltou com a filha já vestida e pronta para partir. O cumprimento dos namorados foi cálido, mas breve, porque os minutos eram preciosos e havia muito a fazer.

"Temos de partir imediatamente", disse Jefferson Hope, falando baixo, mas num tom resoluto, como alguém que compreende a extensão do perigo, mas revestiu-se de coragem para enfrentá-lo. "As entradas da frente e dos fundos estão sendo vigiadas, mas com cuidado podemos sair pela janela lateral e atravessar os campos. Chegando à estrada, estaremos a apenas pouco mais de três quilômetros da ravina onde os cavalos esperam. Ao raiar do dia estaremos a meio caminho, nas montanhas."

"E se formos detidos?" perguntou Ferrier.

Hope deu uma batida no cabo do revólver que se projetava da frente de sua túnica. "Se eles forem numerosos demais para nós, levaremos dois ou três conosco", disse com um sorriso sinistro.

Todas as luzes dentro da casa haviam sido apagadas, e da janela escura Ferrier espreitou os campos que haviam sido seus e que agora estava prestes a abandonar. Mas há muito tomara coragem para o sacrifício, e a ideia da honra e felicidade da filha compensava qualquer pesar pela virada de sua sorte. Tudo parecia tão sossegado e feliz, as árvores farfalhantes e os campos silenciosos, que era difícil acreditar que ali se emboscava uma ameaça de morte.

Ferrier levava o saco de ouro e notas, Jefferson Hope, as escassas provisões e a água, enquanto Lucy carregava uma trouxinha com alguns de seus pertences mais estimados. Abrindo a janela com muito vagar e cuidado, esperaram que uma nuvem obscurecesse um pouco a noite e então, um por um, saltaram no pequeno jardim. Atravessaram-no aos tropeços, agachados e contendo a respiração, e ganharam o abrigo da sebe, que margearam até chegarem à abertura que dava para o milharal. Haviam acabado de chegar a esse ponto quando o rapaz agarrou os dois companheiros e puxou-os para a sombra, onde ficaram quietos e trêmulos.

Era uma sorte que o aprendizado na pradaria tivesse dado a Jefferson Hope ouvidos de lince. Ele e os amigos haviam se agachado ao ouvir o pio melancólico de uma coruja da montanha a poucos metros de si, imediatamente respondido por outro pio a pouca distância. No mesmo instante um vulto indistinto emergiu da abertura para onde se dirigiam e lançou de novo o grito queixoso; a esse sinal, um segundo homem apareceu na obscuridade.

"Amanhã à meia-noite", disse o primeiro, que parecia estar no comando, "quando o bacurau gritar três vezes."

"Está bem", retrucou o outro. "Devo contar ao irmão Drebber?"

"Conte a ele, e ele que conte aos outros. Nove por sete!"

"Sete por cinco!" repetiu o outro; e os dois vultos afastaram-se rapidamente em direções diferentes. Suas últimas palavras haviam sido evidentemente alguma forma de senha e contrassenha. Quando o ruído de seus passos desapareceu na distância, Jefferson se levantou, e, após ajudar seus companheiros a passar pela abertura, guiou-os através dos campos o mais rápido que pôde, apoiando e quase carregando a moça quando as forças pareciam lhe faltar.

"Depressa! Depressa!" dizia vez por outra, ofegante. "Atravessamos a linha das sentinelas. Tudo depende da rapidez. Depressa!"

Após alcançar a estrada, avançaram rapidamente. Só uma vez encontraram alguém, mas conseguiram escapulir para um campo e assim evitar que os reconhecessem. Antes de chegar à cidade o caçador desviou-se por uma trilha acidentada e estreita que levava às montanhas. Dois picos escuros e recortados assomavam acima deles através da escuridão e o desfiladeiro que os separava era o cânion da Águia, onde os cavalos os esperavam. Com instinto certeiro, Jefferson Hope encontrava o caminho por entre os grandes penedos e pelo leito de um ribeirão seco, até chegar ao canto retirado, protegido por rochas, onde os fiéis animais haviam sido amarrados. A moça foi posta sobre o burro e o velho Ferrier sobre um dos cavalos, com seu saco de dinheiro, enquanto Jefferson Hope conduzia o outro pelo caminho íngreme e perigoso.

Era um caminho desnorteante para quem não estivesse acostumado a enfrentar a Natureza em seu ânimo mais enfurecido. De um lado um grande penhasco elevava-se a trezentos metros ou mais, negro, inexorável e ameaçador, com longas colunas basálticas sobre sua áspera superfície como as costelas de um monstro petrificado. Do outro lado, um caos de matacões e escombros tornava todo avanço impossível. Entre os dois corria a trilha irregular, tão estreita em alguns lugares que eles tinham de viajar em fila indiana, e tão acidentada que só os mais experientes cavaleiros teriam podido percorrê-la. Contudo, apesar de todos os perigos e dificuldades, os fugitivos avançavam com o coração leve, porque cada passo aumentava a distância que os separava do terrível despotismo de que fugiam.

Logo tiveram uma prova, porém, de que ainda estavam na jurisdição dos Santos. Haviam alcançado a parte mais árdua e desolada do passo quando a moça apontou para a frente com um grito assustado. Sobre uma rocha a sobranceiro do caminho, destacando-se escura e nítida contra o céu, postava-se uma solitária sentinela. O homem os viu assim que eles o notaram e sua interpelação militar de "Quem vem lá?" ecoou pela grota silenciosa.

"Viajantes a caminho de Nevada", respondeu Jefferson Hope, a mão na carabina que lhe pendia da sela.

Puderam ver o vigilante solitário manuseando sua arma e examinando-os como se insatisfeito com sua resposta.

"Com permissão de quem?" perguntou.

"Dos Santos Quatro", respondeu Ferrier. Sua experiência com os mórmons lhe ensinara que essa era a mais elevada autoridade a que podia se referir.

"Nove por sete", gritou a sentinela.

"'Nove por sete', gritou a sentinela." [Richard Gutschmidt, *Späte Rache*, Stuttgart, Robert Lutz Verlag, 1902]

"Sete por cinco", respondeu Jefferson Hope prontamente, lembrando-se da contrassenha que ouvira no jardim.

"Passem, e que Deus os acompanhe", disse a voz do alto. Além de seu posto o caminho se alargava, e os cavalos puderam seguir a trote. Olhando para trás, puderam ver o vigilante solitário apoiado sobre sua arma, e sabiam que haviam transposto o último posto do povo escolhido e que a liberdade se estendia diante de si.

v. Os Anjos Vingadores

Durante toda a noite seu trajeto se estendeu através de desfiladeiros intricados e caminhos irregulares semeados de pedras. Perderam-se mais de uma vez, mas o profundo conhecimento que Hope tinha das montanhas lhes permitiu reencontrar de novo a pista. Quando a manhã rompeu, um cenário de maravilhosa beleza, ainda que selvagem, abria-se à sua frente. Por todas as direções os grandes picos nevados os acuavam, espreitando, sobre os ombros uns dos outros, o horizonte longínquo. Tão escarpadas eram as encostas rochosas de cada lado deles que o lariço e o pinheiro pareciam suspensos sobre suas cabeças, precisando de apenas uma lufada de vento para despencar sobre eles. Esse medo não era de todo ilusório, pois o vale estéril estava juncado de árvores e penedos que haviam tombado de maneira similar. No momento mesmo em que passavam, uma grande pedra veio abaixo e caiu com um estrépito rouco que ecoou nas gargantas silenciosas e assustou os cavalos fatigados, que se puseram a galopar.

Quando o sol se levantou lentamente acima do horizonte leste, os picos das grande montanhas se iluminaram um após outro, como as lanternas de uma festa, até estarem todos vermelhos e fulgurantes. O magnífico espetáculo alegrou os corações dos três fugitivos e lhes deu novas forças. Junto a uma torrente impetuosa que se precipitava de uma ravina, fizeram uma parada e deram água aos cavalos, enquanto partilharam um apressado desjejum. Lucy e o pai teriam preferido descansar mais, mas Jefferson Hope foi inexorável. "A esta altura, já devem estar no nosso encalço", disse. "Tudo depende de nossa rapidez. Depois de chegar ilesos a Carson, poderemos descansar pelo resto de nossas vidas."

Durante todo aquele dia, lutaram através dos desfiladeiros, e à tarde calcularam que estavam a quase cinquenta quilômetros dos inimigos. Durante a noite, escolheram a base de um penhasco saliente, onde as pedras ofereciam alguma proteção contra o vento gélido e ali, aconchegados uns aos outros para se aquecer, gozaram de algumas horas de sono. Antes do romper do dia, contudo, estavam novamente de pé e a caminho. Não haviam visto nenhum sinal de perseguidores, e Jefferson Hope começou a pensar que estavam de fato fora do alcance da organização em cuja inimizade haviam incorrido. Mal sabia quão longe aquela mão de ferro podia alcançar, ou o quanto estava próxima de se fechar sobre eles e esmagá-los.

Por volta da metade do segundo dia de sua fuga, suas escassas provisões começaram a acabar. Isso não preocupou muito o caçador, porém, porque não faltava caça nas montanhas e muitas vezes antes ele tivera de depender de sua carabina para sobreviver. Escolhendo um canto abrigado, empilhou alguns galhos secos e fez uma bela fogueira, junto à qual seus companheiros puderam se aquecer, porque estavam agora a quase mil e quinhentos metros acima do nível do mar e o ar era ríspido e cortante. Depois de amarrar os cavalos e se despedir de Lucy, ele jogou a carabina sobre o ombro e partiu em busca do que quer que a sorte lançasse em seu caminho. Olhando para trás, viu o velho e a moça agachados junto ao fogo, enquanto os três animais permaneciam imóveis ao fundo. Depois as rochas os ocultaram de sua visão.

Caminhou por alguns quilômetros por um barranco atrás de outro sem nada encontrar, embora pelas marcas na casca das árvores e outros indícios concluísse que havia muitos ursos nas vizinhanças. Finalmente, após duas ou três horas de busca infrutífera, estava pensando em voltar, desalentado, quando, erguendo os olhos, teve uma visão que lhe deixou o coração extasiado. Na borda de um pináculo saliente, cerca de cem metros acima dele, havia um animal que se assemelhava um pouco a um carneiro, mas era dotado de um par de chifres gigantescos. O carneiro selvagem — pois assim ele é chamado — estava agindo, provavelmente, como guardião para um rebanho invisível para o caçador; felizmente, porém, estava virado na direção oposta e não o percebera. Deitando de bruços, ele apoiou a carabina numa rocha e mirou com muita calma e firmeza antes de puxar o gatilho. O animal deu um salto no ar, cambaleou por algum tempo na beira do precipício, e caiu estrondosamente no vale a seus pés.

Como a criatura era pesada demais para ser erguida, o caçador se contentou em cortar-lhe uma coxa e parte do flanco. Com esse troféu sobre o ombro, apressou-se em voltar sobre seus passos, pois a tarde já findava. Mal se pusera a caminho, porém, percebeu a dificuldade que enfrentava. Em sua animação, deixara muito para trás as ravinas que lhe eram conhecidas, e não era fácil descobrir por que caminho viera. O vale em que se encontrava se dividia e subdividia em muitas gargantas, tão parecidas entre si que era impossível distingui-las. Seguiu por quase dois quilômetros, até que chegou a uma torrente que tinha certeza de nunca ter visto antes. Convencido de que tomara o desvio errado, tentou outro, mas com o mesmo resultado. A noite caía rapidamente, e estava quase escuro quando ele finalmente se viu num desfiladeiro que lhe era familiar. Mesmo então não foi fácil manter o sendeiro certo, porque a lua ainda não surgira, e os altos rochedos dos dois lados tornavam a escuridão mais profunda. Oprimido por seu fardo, e exaurido pelo esforço, avançou aos tropeços, animando-se com a ideia de que cada passo o aproximava de Lucy e de que carregava consigo o suficiente para alimentá-los pelo resto da viagem.

Chegara agora à boca daquele mesmo desfiladeiro em que os deixara. Mesmo nas trevas podia reconhecer o perfil dos rochedos que o delineavam. Eles deviam, pensou, estar ansiosos à sua espera, pois passara quase cinco horas ausente. Em sua alegria, levou as mãos à boca e emitiu um brado forte que ecoou pelo vale, para avisar que estava chegando. Fez uma pausa à espera de resposta. Não ouviu nenhuma, senão seu próprio grito, que ressoava pelas lúgubres ravinas e era trazido de volta a seus ouvidos em incontáveis repetições. Gritou de novo, mais alto que antes, e novamente não lhe chegou sequer um sussurro dos amigos que deixara havia tão pouco tempo. Tomado por um terror vago, sem nome, saiu numa corrida desabalada, deixando a preciosa carga cair em sua agitação.

Quando transpôs a curva, viu de cheio o lugar onde a fogueira ardera. Ainda havia ali um monte incandescente de cinzas, mas o fogo evidentemente não havia sido alimentado desde a sua partida. O mesmo silêncio absoluto ainda reinava nas cercanias. Com seus temores transformados em convicção, avançou. Não havia nenhum ser vivo perto dos restos da fogueira: animais, homem, donzela, todos haviam desaparecido. Era patente que um desastre súbito e terrível ocorrera durante a sua ausência — um desastre que os envolvera a todos e não deixara vestígios.

Aturdido pelo golpe, Jefferson Hope sentiu a cabeça girar, e teve de se apoiar sobre a carabina para não cair. Mas era essencialmente um homem de ação, e recuperou-se rapidamente de sua impotência temporária. Passando a mão num pedaço de madeira semiconsumido na fogueira latente, soprou-o até inflamá-lo e com ele pôs-se a examinar o pequeno acampamento. O solo estava todo marcado por patas de cavalo, mostrando que um grande grupo de cavaleiros surpreendera os fugitivos, e a direção dessas marcas mostrava que em seguida eles haviam voltado para Salt Lake City. Teriam levado consigo seus dois companheiros? Jefferson Hope havia quase se convencido disso quando seus olhos caíram sobre algo que fez cada nervo de seu corpo formigar. Um pouco adiante, de um lado do acampamento, havia um monte achatado de terra avermelhada que certamente não estava ali antes. Tratava-se inconfundivelmente de um túmulo recém-cavado. Ao se aproximar, o jovem caçador percebeu que nele fora fincada uma vareta, com uma folha de papel espetada na forquilha. Os dizeres no papel eram breves, mas precisos:

JOHN FERRIER,
QUE VIVEU EM SALT LAKE CITY
Faleceu em 4 de agosto de 1860

Então o velho vigoroso, que ele deixara havia tão pouco, estava morto, e esse era seu único epitáfio. Em desespero, Jefferson Hope olhou à sua volta para ver se havia um segundo túmulo, mas não viu nenhum sinal disso. Lucy fora levada de volta por seus terríveis perseguidores para cumprir seu destino original,

"John Ferrier, que viveu em Salt Lake City. Faleceu em 4 de agosto de 1860."
[Richard Gutschmidt, *Späte Rache*, Stuttgart, Robert Lutz Verlag, 1902]

ingressando no harém do filho de um ancião. Quando o rapaz compreendeu a inexorabilidade desse destino, e sua própria impotência para evitá-lo, desejou estar, também ele, jazendo com o velho fazendeiro em sua última e silenciosa morada.

Mais uma vez, no entanto, seu espírito enérgico sacudiu a letargia que brota da desesperança. Se nada mais lhe restava, podia ao menos devotar sua vida à vingança. Além de indômita paciência e perseverança, Jefferson Hope possuía também uma disposição implacavelmente vingativa que talvez tivesse assimilado dos índios em cujo meio vivera. De pé junto à fogueira desolada, sentiu que a única coisa que poderia mitigar sua dor seria a total e completa desforra imposta por suas próprias mãos aos inimigos. Sua vontade forte e energia incansável seriam, decidiu, dedicadas a esse único fim. Com um sorriso, o semblante lívido, ele voltou sobre seus passos até onde deixara cair a comida e, tendo atiçado o fogo, cozinhou o bastante para lhe durar por alguns dias. Arrumou tudo numa trouxa e, por cansado que estivesse, pôs-se a caminhar de volta através das montanhas no rastro dos Anjos Vingadores.

Durante cinco dias arrastou-se penosamente, exausto e com os pés doloridos, através dos desfiladeiros que já percorrera a cavalo. À noite deitava-se entre as rochas e furtava algumas horas de sono; antes do romper do dia, porém, estava sempre a caminho. No sexto dia chegou ao cânion da Águia, onde haviam começado sua malfadada fuga. Dali podia contemplar lá embaixo a terra dos Santos. Esgotado, apoiou-se na carabina e sacudiu furiosamente a mão descarnada sobre a cidade silenciosa esparramada a seus pés. Olhando-a, notou que havia bandeiras em algumas das ruas principais e outros sinais de festividade. Ainda perguntava a si mesmo o que isso podia significar quando ouviu o ruído de cascos de cavalo e viu um cavaleiro vindo em sua direção. Quando ele se aproximou, reconheceu um mórmon chamado Cowper, a quem prestara serviços algumas vezes. Abordou-o, assim, no intuito de descobrir qual havia sido o destino de Lucy Ferrier.

"Sou Jefferson Hope", disse. "Deve se lembrar de mim."

O mórmon olhou-o com indisfarçado espanto – de fato, era difícil reconhecer naquele vagabundo sujo e andrajoso, de rosto cadavérico e olhos esgazeados, o jovem e elegante caçador de outrora. Mas finalmente o homem se certificou da identidade do interlocutor, e sua surpresa transformou-se em consternação.

"Está louco de vir aqui", exclamou. "Corro risco de vida se formos vistos conversando. Os Santos Quatro expediram um mandado de prisão contra o senhor por auxiliar os Ferrier a fugir."

"Não tenho medo deles, nem do seu mandado", disse Hope com convicção. "Deve saber alguma coisa sobre esse assunto, Cowper. Rogo-lhe por tudo que lhe é mais sagrado que me responda a algumas perguntas. Sempre fomos amigos. Pelo amor de Deus, não se negue a me responder."

"Do que se trata?" perguntou o mórmon, constrangido. "Seja rápido. Até as pedras têm ouvidos e as árvores, olhos."

"Que foi feito de Lucy Ferrier?"

"Casou-se ontem com o jovem Drebber. Aguente firme, homem, aguente firme, parece que vai morrer."

"Não se importe comigo", disse Hope debilmente. Até seus lábios estavam brancos e ele se deixou cair sobre a pedra em que estivera apoiado. "Casou-se, o senhor disse?"

"Casou-se ontem... é por isso que se veem essas bandeiras na Casa da Dotação.* Houve alguma altercação entre o jovem Drebber e o jovem Stangerson sobre quem ficaria com ela. Ambos haviam feito parte do grupo que os seguira, e Stangerson atirara no pai da moça, o que parecia lhe dar mais direitos; mas quando o caso foi levado ao conselho, a defesa de Drebber foi mais forte e o profeta a deu para ele. Mas nenhum dos dois a terá por muito tempo, porque vi a morte em seu semblante ontem. Ela mais parece um fantasma que uma mulher. Está de partida, então?"

"Sim, estou de partida", respondeu Jefferson Hope, que se levantara. Seu rosto poderia ter sido cinzelado em mármore, tão dura e resoluta era sua expressão, enquanto os olhos brilhavam com uma luz maligna.

"Para onde vai?"

"Não é da sua conta", respondeu; e jogando a arma sobre o ombro afastou-se pelo desfiladeiro abaixo, mergulhando no coração das montanhas, o covil dos animais selvagens. Entre eles não havia nenhum tão feroz e tão perigoso quanto ele próprio.

---

* Usada pela Igreja mórmon para rituais de ordenação, ou dotação, em certas ordens sacerdotais.

A predição do mórmon não tardou a se cumprir. Fosse a morte terrível de seu pai ou os efeitos do odioso casamento que lhe fora imposto, a pobre Lucy nunca mais levantou a cabeça, mas definhou e morreu dali a um mês. Seu bruto marido, que a desposara de olho sobretudo na propriedade de John Ferrier, não simulou nenhum pesar pela perda; suas outras mulheres, porém, prantearam-na e velaram-na na noite anterior ao enterro, como é costume entre os mórmons. Elas estavam reunidas em torno do caixão nas primeiras horas da madrugada, quando, para seu inexprimível medo e espanto, a porta se abriu com violência e entrou na sala um homem de aparência selvagem, castigado pelas intempéries e coberto de andrajos. Sem um olhar ou uma palavra para as mulheres encolhidas de medo, aproximou-se da figura silenciosa e branca que outrora contivera a alma pura de Lucy Ferrier. Inclinando-se sobre ela, pressionou os lábios reverentemente contra sua fronte fria e em seguida, agarrando-lhe a mão, tirou a aliança de seu dedo. "Ela não será enterrada com isto", exclamou num rosnado feroz, e, antes que qualquer alarme pudesse ser dado, desceu a escada aos saltos e sumiu. Tão estranho e breve foi o episódio que as mulheres talvez tenham tido dificuldade em acreditar nele ou em convencer outras pessoas, não tivesse sido o fato inegável de o aro de ouro que a apontava como ex-noiva ter desaparecido.

Durante alguns meses Jefferson Hope deixou-se ficar entre as montanhas, levando uma vida estranha e selvagem e acalentando em seu coração o ardente desejo de vingança que o possuía. Corriam em Salt Lake City histórias sobre a esquisita

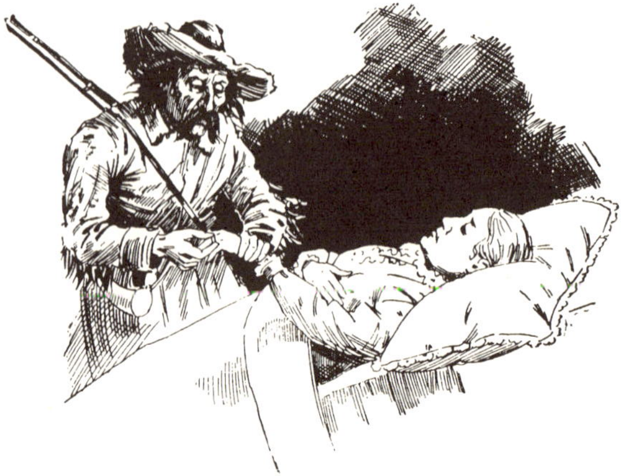

"Agarrando-lhe a mão, tirou a aliança de seu dedo."
[Geo. Hutchinson, *A Study in Scarlet*, Londres, Ward, Lock Bowden, and Co., 1891]

figura, que era vista andando a esmo pelos arrabaldes e que assombrava as gargantas solitárias das montanhas. Uma vez uma bala atravessou zunindo a janela de Stangerson e foi se achatar contra a parede a poucos centímetros dele. Em outra ocasião, quando Drebber passava sob um penhasco, um grande penedo despencou sobre ele, que só escapou de uma morte terrível jogando-se de bruços no chão. Os dois jovens mórmons não demoraram a descobrir a razão desses atentados contra suas vidas e empreenderam repetidas expedições às montanhas na esperança de capturar ou matar seu inimigo, mas sempre sem sucesso. Depois adotaram o cuidado de nunca sair sozinhos ou após o anoitecer, e de manter suas casas vigiadas. Passado algum tempo, puderam relaxar essas medidas, porque não havia nenhuma notícia de seu adversário, e tiveram a esperança de que o tempo tivesse amainado sua sede de vingança.

Se ele tivera algum efeito, porém, fora o de aumentá-la. O espírito do caçador era de uma natureza dura, obstinada, e a ideia predominante de vingança tomara posse dele tão completamente que não havia ali lugar para nenhuma outra emoção. Ele era, contudo, acima de tudo prático. Logo se deu conta de que nem mesmo sua constituição de ferro podia suportar os esforços incessantes que ele lhe impunha. A exposição e a falta de alimentos saudáveis o estavam consumindo. Se morresse como um cão em meio às montanhas, que seria de sua vingança? No entanto essa morte certamente lhe sobreviria se persistisse. Sentiu que isso era fazer o jogo do inimigo e, com relutância, voltou às velhas minas de Nevada, para ali se restabelecer e juntar dinheiro suficiente para lhe permitir perseguir seu objetivo sem privações.

Sua intenção fora ausentar-se por no máximo um ano, mas uma combinação de circunstâncias imprevistas o impediu de deixar as minas por quase cinco. Ao fim desse tempo, contudo, sua lembrança das afrontas recebidas e seu anseio por vingança permaneciam tão agudos quanto naquela noite memorável em que se postara junto ao túmulo de John Ferrier. Disfarçado, e sob um nome falso, voltou a Salt Lake City, indiferente à própria sorte, contanto que conseguisse o que sabia ser justo. Ali, más notícias o esperavam. Houvera um cisma entre o Povo Escolhido uns meses antes, alguns dos membros mais jovens da Igreja tendo se rebelado contra a autoridade dos anciãos, e o resultado fora a secessão de certo número de descontentes, que haviam deixado Utah e se tornado gentios. Entre eles estavam Drebber e Stangerson, e ninguém sabia para onde tinham ido. Segundo rumores, Drebber havia conseguido converter grande parte de sua propriedade em dinheiro e partira como um homem rico, ao passo que seu companheiro, Stangerson, estava comparativamente pobre. Não havia, contudo, absolutamente nenhuma pista de seu paradeiro.

Muitos homens, por vingativos que fossem, teriam abandonado todo pensamento de vingança diante de semelhante dificuldade, mas Jefferson Hope nunca vacilou um momento que fosse. Com os parcos recursos que possuía, amealhados a duras penas com os trabalhos que conseguia, viajou de cidade em cidade pelos Estados Unidos à procura de seus inimigos. Um ano dava lugar a outro, seu cabelo preto ficava grisalho, mas ele continuava vagando, um sabujo humano, o espírito inteiramente fixado no único objetivo a que devotara sua vida. Finalmente sua perseverança foi recompensada. Não foi mais que o vislumbre de um rosto numa janela, mas esse vislumbre lhe disse que o homem que perseguia encontrava-se em Cleveland, Ohio. Voltou para seu quarto miserável com um plano de vingança articulado. Ocorre, contudo, que Drebber, olhando por sua janela, reconhecera o vagabundo na rua e lera homicídio em seus olhos. Na companhia de Stangerson, que se tornara seu secretário particular, correu a um juiz de paz e declarou que suas vidas estavam ameaçadas pelo ciúme e o ódio de um antigo rival. Naquela tarde Jefferson Hope foi preso, e, não tendo quem pagasse sua fiança, passou algumas semanas detido. Quando finalmente se viu livre, descobriu que Drebber abandonara sua casa e partira com seu secretário para a Europa.

Mais uma vez o vingador fora despistado, e mais uma vez seu ódio concentrado o impeliu a levar adiante a perseguição. Faltavam-lhe fundos, porém, e durante algum tempo teve de voltar a trabalhar, economizando cada dólar para a viagem que se aproximava. Por fim, tendo reunido o bastante para garantir-lhe a subsistência, partiu para a Europa e seguiu a pista dos inimigos de cidade em cidade, aceitando qualquer serviço subalterno para continuar vivendo, mas nunca alcançando os fugitivos. Quando chegou a São Petersburgo, eles haviam partido para Paris; e quando os seguiu até ali, soube que haviam acabado de ir embora para Copenhague. Na capital dinamarquesa, novamente se viu com alguns dias de atraso, pois eles haviam viajado para Londres, onde por fim conseguiu alcançá-los. Quanto ao que aconteceu ali, o melhor que podemos fazer é citar o relato do velho caçador, tal como devidamente registrado no Diário do Dr. Watson, a que já devemos tanto.

VI. Continuação das reminiscências do Dr. John H. Watson

A furiosa resistência de nosso prisioneiro claramente não indicava nenhuma ferocidade em sua disposição para conosco, pois ao se ver impotente, sorriu com afabilidade e expressou a esperança de não ter machucado nenhum de nós na briga. "Suponho que vão me levar para o distrito policial", observou para Sherlock Holmes. "Meu carro está à porta. Se soltarem as minhas pernas, caminharei até ele. Já não sou tão leve quanto costumava ser."

Gregson e Lestrade se entreolharam, como se a proposta lhes parecesse atrevida; mas Holmes fez imediatamente o que o prisioneiro pedia, e soltou a toalha com que lhe amarrara os tornozelos. Ele se levantou e esticou as pernas, como se para se assegurar de que elas estavam livres novamente. Lembro que pensei comigo mesmo, ao olhá-lo, que raramente vira um homem de constituição mais forte; e sua face escura, queimada de sol, tinha uma expressão de determinação e energia tão formidável quanto sua força física.

"Se houver uma vaga para chefe da polícia, acredito que o senhor é o homem indicado", disse, fitando meu companheiro de apartamento com indisfarçada admiração. "A maneira como seguiu meu rastro foi notável."

"É melhor virem comigo", disse Holmes aos dois detetives.

"Posso conduzi-los", disse Lestrade.

"Ótimo! E Gregson pode ir dentro comigo. O senhor também, doutor. Interessou-se pelo caso e pode certamente ir conosco."

Assenti com prazer e descemos todos juntos. Nosso prisioneiro não fez nenhuma tentativa de fugir, entrando calmamente no carro que fora seu, seguido por nós. Lestrade subiu na boleia, chicoteou o cavalo e levou-nos num tempo muito curto ao nosso destino. Fomos introduzidos numa saleta onde um inspetor de polícia anotou o nome de nosso prisioneiro e os nomes dos homens de cujo assassinato ele fora acusado. O policial era um sujeito pálido e frio, que se desincumbiu de suas tarefas de uma maneira tediosa, mecânica. "O prisioneiro será levado perante os magistrados no curso da semana", disse; "nesse meio-tempo, Mr. Jefferson Hope, há alguma coisa que deseje dizer? Devo adverti-lo de que suas palavras serão registradas e poderão ser usadas contra o senhor."

"Tenho muito a dizer", respondeu lentamente nosso prisioneiro. "Quero contar tudo aos cavalheiros."

"Não seria melhor reservar isso para o julgamento?" perguntou o inspetor.

"Talvez eu nunca seja julgado", respondeu ele. "Não precisam se assustar. Não é em suicídio que estou pensando. O senhor é médico?" Virou seus intensos olhos escuros para mim ao fazer essa última pergunta.

"Sim, sou", respondi.

"Então ponha a mão aqui", disse com um sorriso, movendo seus punhos algemados em direção ao peito.

Obedeci, e dei-me conta imediatamente de uma extraordinária palpitação e comoção que tinham lugar ali dentro. As paredes de seu peito pareciam vibrar como o faria um prédio frágil dentro do qual funcionasse um poderoso motor. No silêncio da sala, eu podia ouvir um zunido e um rumorejo surdos que vinham da mesma fonte.

"Ora", exclamei, "o senhor tem um aneurisma da aorta!"

"É o nome que dão a isso", disse ele placidamente. "Consultei um médico semana passada, e ele me disse que vai rebentar fatalmente em poucos dias. Vem piorando há anos. Começou com a superexposição e a subnutrição entre as montanhas de Salt Lake. Agora já fiz meu trabalho, e não me importo com quanto tempo me resta, mas gostaria de deixar um relato do caso. Não quero ser lembrado como um assassino comum."

O inspetor e os dois detetives discutiram brevemente a conveniência de lhe permitir contar sua história.

"Considera que há algum perigo imediato, doutor?" perguntou o primeiro.

"Sem dúvida há", respondi.

"Nesse caso é claramente nosso dever, no interesse da justiça, tomar seu depoimento", disse o inspetor. "Sinta-se livre, senhor, para fazer seu relato, mas volto a adverti-lo de que ele será registrado."

"Se me dão licença, vou me sentar", disse o prisioneiro, juntando o gesto à palavra. "Este meu aneurisma me deixa facilmente cansado e nossa luta meia hora atrás não melhorou as coisas. Estou à beira do túmulo, e não tenho interesse em mentir. Cada uma de minhas palavras será a mais pura verdade e como vão usá-las não tem nenhuma importância para mim."

Com estas palavras, Jefferson Hope recostou-se em seu assento e iniciou o extraordinário relato que se segue. Falava de uma maneira calma e metódica, como se os eventos que narrava fossem muito triviais. Posso dar testemunho da precisão do relato anexo, pois tive acesso à caderneta de Lestrade, em que as palavras do prisioneiro foram registradas exatamente como pronunciadas.

"Não lhes importa muito por que eu odiava esses homens", disse ele; "basta dizer que eram culpados da morte de dois seres humanos — um pai e uma filha — e que haviam, portanto, perdido o direito às próprias vidas. Após o lapso de tempo que transcorreu desde o seu crime, era-me impossível conseguir uma condenação contra eles em algum tribunal. Mas eu sabia que eram culpados, e decidi que deveria ser a um só tempo seu juiz, júri e carrasco. Os senhores teriam feito o mesmo, se tivessem alguma hombridade, se estivessem no meu lugar.

"Essa moça de que falei ia se casar comigo vinte anos atrás. Foi forçada a se casar com aquele mesmo Drebber, o que a matou de desgosto. Tirei a aliança de seu dedo no caixão e jurei que ele morreria olhando para aquele mesmo anel, e que seus últimos pensamentos seriam sobre o crime pelo qual era punido. Levando a aliança sempre comigo, segui Drebber e seu cúmplice por dois continentes, até apanhá-los. Pensaram que me cansariam, mas não conseguiram. Se eu morrer amanhã, como é muito provável, morro sabendo que meu trabalho neste mundo está feito, e bem-feito. Eles morreram, e pelas minhas mãos. Nada mais tenho a esperar ou desejar.

"Sendo eles ricos e eu pobre, não me foi fácil segui-los. Quando cheguei a Londres meu bolso estava quase vazio e vi que tinha de ganhar a vida de algum modo. Como conduzir cavalos e montar sempre foi tão natural para mim quanto andar, procurei o escritório de um proprietário de fiacres e logo consegui um emprego. Tinha de pagar certa soma por semana ao proprietário e qualquer coisa que ganhasse a mais seria minha. Raras vezes houve muito mais, mas consegui ir vivendo. O mais difícil foi aprender a me orientar, pois me parece que de todos os labirintos que já foram concebidos, esta cidade é o mais desnorteante. Mas andava com um mapa e depois de situar os principais hotéis e estações saí-me bastante bem.

"Demorei algum tempo para descobrir onde meus dois cavalheiros estavam morando; mas indaguei incessantemente, até que por fim topei com eles por acaso. Estavam numa pensão em Camberwell, do outro lado do rio. Depois que os descobri, soube que estavam à minha mercê. Eu deixara a barba crescer e não havia possibilidade de me reconhecerem. Eu os rastrearia e perseguiria até encontrar minha oportunidade. Havia decidido que não me escapariam novamente.

"Apesar de tudo, isso quase aconteceu. Onde quer que fossem em Londres, eu estava sempre nos seus calcanhares. Por vezes os seguia no meu carro, por vezes a pé, mas de carro era melhor porque não me podiam escapar. Como era só de manhã bem cedo ou tarde da noite que eu podia ganhar alguma coisa, comecei a ficar em atraso com meu patrão, mas não me importava com isso, contanto que pudesse pôr as mãos nos homens que queria.

"Mas eles eram muito ardilosos. Deviam pensar que havia alguma possibilidade de estarem sendo seguidos, porque nunca saíam sozinhos, e nunca após o cair da noite. Durante duas semanas guiei atrás deles todos os dias, e nunca os vi separados uma só vez. O próprio Drebber estava bêbado a metade do tempo, mas Stangerson não se deixava pegar num cochilo. Eu os vigiava o tempo todo, sem nunca ver a sombra de uma chance; mas não desanimava, porque alguma coisa me dizia que estava chegando a hora. Meu único medo era que esta coisa em meu peito rebentasse um pouco cedo demais e meu trabalho ficasse por fazer.

"Por fim, uma noite, eu andava de um lado para outro em Torquay Terrace, como se chamava a rua em que estavam hospedados, quando vi um fiacre parar à porta da pensão. Pouco depois que algumas bagagens foram levadas, Drebber e Stangerson apareceram e partiram. Chicoteei meu cavalo e tentei não perdê-los de vista, sentindo-me muito intranquilo, porque temi que fossem se mudar. Em Euston Station eles desceram, e eu, deixando um menino segurando meu cavalo, segui-os até a plataforma. Ouvi-os perguntar pelo trem de Liverpool e o guarda responder que um acabara de partir e só haveria outro dentro de algumas horas. Stangerson pareceu contrariado com isso, mas Drebber mostrou-se bastante satisfeito. Cheguei tão perto deles no alvoroço que pude ouvir cada palavra que diziam. Drebber disse que tinha um pequeno assunto particular a resolver e que, se o outro pudesse esperá-lo, logo iria a seu encontro. Seu companheiro admoestou-o, lembrando-lhe que haviam decidido se manter juntos. Drebber respondeu que se tratava de um problema delicado e devia ir sozinho. Não consegui ouvir a resposta de Stangerson a isso, mas o outro se pôs a praguejar e lembrou-lhe que não passava de seu criado e não devia se atrever a lhe dar ordens. Diante disso o secretário desistiu e simplesmente combinou com ele que, caso perdesse o último trem, deveria ir ao seu encontro no Halliday's Private Hotel; ao que Drebber respondeu que estaria de volta à plataforma antes das onze, e se dirigiu para fora da estação.

"O momento pelo qual eu tanto havia esperado finalmente chegara, e eu tinha meus inimigos em meu poder. Juntos podiam se proteger um ao outro, mas separados estavam à minha mercê. Meus planos já estavam definidos. Não há nenhuma satisfação na vingança, a menos que o inimigo tenha tempo para perceber quem é que golpeia, e por que a vingança o atingiu. Eu formulara planos que me dariam a oportunidade de fazer o homem que me ofendera compreender que seu velho pecado o condenara. Por acaso, alguns dias antes, um cavalheiro que andara examinando algumas casas na Brixton Road deixara cair a chave de uma delas em meu carro. Ela foi procurada na mesma tarde, e devolvida; mas no intervalo eu fizera um molde dela e providenciara uma duplicata. Através disso tinha acesso a pelo menos um local nesta grande cidade em que estaria certamente a salvo de interrupções. Como levar Drebber até aquela casa era o difícil problema que eu tinha então de resolver.

"Ele desceu a rua e entrou em um ou dois bares, ficando por quase meia hora no último deles. Ao sair, cambaleava e estava evidentemente muito bêbado. Havia um *hansom* bem na minha frente e ele o chamou. Segui-o tão de perto que o focinho do meu cavalo ficou a menos de um metro do seu cocheiro durante todo o percurso. Sacolejamos pela Waterloo Bridge e por quilômetros de ruas, até que, para meu espanto, vimo-nos de volta no Terrace, onde ele se hospedara. Não conseguia atinar com o que pretendia voltando ali, mas segui em frente e parei meu carro a uns cem metros da casa. Ele entrou em seu *hansom* e partiu. Deem-me um copo d'água, por favor. Tenho a boca seca de tanto falar."

Dei-lhe o copo e ele bebeu a água de um trago.

"Agora está melhor", disse. "Bem, esperei por um quarto de hora, ou mais, quando de repente ouvi um rumor de briga dentro da casa. Um instante depois a porta foi aberta num repelão e apareceram dois homens; um deles era Drebber e o outro um rapaz que eu nunca vira antes. Esse sujeito segurava Drebber pelo colarinho, e quando chegaram ao alto da escada deu-lhe um empurrão e um chute que o levaram até o meio da rua. 'Seu patife!', gritou, brandindo sua bengala para ele. 'Vou lhe ensinar a insultar uma moça direita!' Estava tão enfurecido que acho que teria destruído Drebber com seu porrete, se o biltre não tivesse saído cambaleando rua abaixo o mais depressa que podia. Correu até a esquina, e depois, vendo o meu fiacre, chamou-me e entrou. 'Leve-me até o Halliday's Private Hotel', disse.

"Quando o tive bem dentro do meu carro, senti meu coração pular no peito com tal alegria que temi que, nesse último momento, meu aneurisma rebentasse. Dirigi lentamente, ponderando em minha mente o que seria melhor fazer. Poderia levá-lo diretamente para o campo, e ali em alguma vereda deserta ter minha última entrevista com ele. Quase decidira fazer isso quando ele resolveu o problema para mim. A sofreguidão pela bebida tomara conta dele novamente, e ele ordenou que eu parasse próximo a um bar elegante. Entrou, dando-me ordem de esperar. Ali ficou até o estabelecimento fechar, e quando saiu estava tão embriagado que eu sabia que tinha a caça nas mãos.

"Não imaginem que eu pretendia matá-lo friamente. Teria sido apenas estrita justiça se o fizesse, mas eu não teria condições para tanto. Decidira havia muito tempo que ele deveria ter uma chance de salvar sua pele se escolhesse tirar proveito dela. Entre os muitos ofícios que havia exercido nos Estados Unidos durante minha vida errante, fui certa vez zelador e faxineiro do laboratório no York College. Um dia o professor dava aula sobre venenos e mostrou aos alunos um alcaloide, como o chamou, que havia extraído de um veneno para flechas sul-americano, e que era tão poderoso que o menor grão significava morte instantânea. Localizei o frasco em que esse preparado era mantido, e depois que todos haviam ido embora, apossei-me de um pouquinho dele. Sendo um droguista bastante hábil, transformei esse alcaloide em duas pequenas pílulas solúveis e guardei cada uma numa caixa com outra pílula similar feita sem o veneno. Decidi nessa ocasião que, quando tivesse minha chance, meus cavalheiros poderiam escolher uma pílula de uma dessas caixas, enquanto eu engoliria a restante. Seria igualmente mortal e muito menos barulhento que um tiro abafado com um lenço. Desse dia em diante, levara minhas caixinhas de pílula sempre comigo, e agora chegara a hora de usá-las.

"Era quase uma hora de uma noite tenebrosa e fria, ventava forte e chovia aos cântaros. Por desolado que estivesse o tempo, eu me sentia contente por dentro — tão contente que teria gritado de pura alegria. Se algum dos senhores um dia sofreu por alguma coisa e ansiou por ela durante vinte longos anos, e então subitamente a viu a seu alcance, compreende meus sentimentos. Acendi um charuto e fumei-o às baforadas para acalmar meus nervos, mas minhas mãos tremiam e minhas têmporas latejavam de excitação. Enquanto conduzia, podia ver o velho John Ferrier e a doce Lucy olhando para mim da escuridão e sorrindo-me, tão claramente quanto os vejo nesta sala. Ficaram à minha frente o tempo todo, um de cada lado do cavalo, até que parei diante da casa na Brixton Road.

"Não havia vivalma por ali e não se ouvia nenhum som, exceto o da chuva caindo. Ao olhar pela janela, vi Drebber todo encolhido num sono de bêbado. Sacudi-o pelo braço. 'Está na hora de descer', disse-lhe.

"'Certo, cocheiro.'

"Suponho que ele pensou que havia chegado ao hotel que mencionara, pois saiu sem mais uma palavra e me seguiu pelo jardim. Tive de caminhar ao seu lado para ampará-lo, porque cambaleava um pouco. Quando chegamos à porta, abri-a e o conduzi à sala da frente. Dou-lhes minha palavra de que o tempo todo o pai e a filha caminhavam diante de nós.

"'Está horrivelmente escuro', disse ele, tateando com os pés.

"'Logo teremos luz', respondi, riscando um fósforo e acendendo uma vela que trouxera comigo. 'Agora, Enoch Drebber', continuei, virando-me para ele e segurando a vela junto a meu próprio rosto, 'quem sou eu?'

"Ele me fitou com olhos embaçados, bêbados, por um momento; depois vi um horror surgir neles e lhe convulsionar todo o semblante, o que me mostrou que me reconhecia. Cambaleou para trás com o rosto lívido, e vi o suor brotar em sua testa, enquanto seus dentes batiam. A essa visão, encostei-me na porta e ri às gargalhadas. Sempre soubera que a vingança seria doce, mas nunca esperei pelo prazer que então me inundava a alma.

"'Seu patife!' eu disse; 'segui seu rastro de Salt Lake City a São Petersburgo, e você sempre me escapou. Agora finalmente suas andanças chegaram ao fim, porque um de nós não verá o sol nascer amanhã.' Ele se esquivou ainda mais enquanto eu falava, e pude ver em seu rosto que pensava que eu estava louco. E realmente estava naquele momento. Minhas têmporas pulsavam como martelos e creio que teria tido algum tipo de ataque se o sangue não tivesse jorrado de meu nariz e me aliviado.

"'O que pensa de Lucy Ferrier agora?' gritei, trancando a porta e sacudindo a chave em sua cara. 'O castigo demorou a chegar, mas finalmente o alcançou.' Vi seus lábios covardes tremerem enquanto eu falava. Ele teria implorado por sua vida, mas sabia que era inútil.

"'Vai me assassinar!' gaguejou.

"'Não há assassinato nenhum', respondi. 'Quem fala do assassinato de um cachorro louco? Que misericórdia você teve de minha pobre querida quando a arrastou para longe de seu pai trucidado e a levou para seu harém depravado?'

"'Não fui eu que matei o pai dela', exclamou ele.

"'Mas foi você que lhe despedaçou o coração', gritei, empurrando a caixa em sua direção. 'Deixemos que Deus julgue entre nós. Escolha uma e engula. Há morte em uma e vida na outra. Engolirei a que você deixar. Vejamos se há justiça sobre a Terra, ou se somos governados pelo acaso.'

"Escolha uma e engula. Há morte em uma e vida na outra."
[Charles Doyle, *A Study in Scarlet*, Londres/Nova York, Ward, Lock & Co., 1888]

Ele se encolheu com gritos desesperados e súplicas por misericórdia, mas puxei minha faca e a mantive junto à sua garganta até que me obedeceu. Em seguida engoli a outra pílula, e ficamos olhando um para o outro em silêncio por um minuto ou mais, esperando para ver quem viveria e quem morreria. Será que algum dia esquecerei a expressão que tomou conta de seu rosto quando as primeiras dores lhe avisaram que o veneno estava em seu sistema? Ri ao vê-la, e segurei a aliança de Lucy diante de seus olhos. Foi só um instante, porque a ação do alcaloide é rápida. Um espasmo de dor contorceu-lhe o semblante; ele jogou as mãos para a frente, cambaleou, e depois, com um grito rouco, caiu pesadamente no chão. Virei-o com o pé e pus a mão sobre seu coração. Nenhum movimento. Estava morto!

"O sangue estivera escorrendo de meu nariz, sem que eu me desse conta. Não sei de onde me veio a ideia de escrever na parede com ele. Talvez fosse uma intenção maliciosa de pôr a polícia numa pista falsa, pois me sentia despreocupado e alegre. Lembrei-me de um alemão que fora encontrado em Nova York com a palavra RACHE escrita acima dele, tendo os jornais da época afirmado que aquilo devia ser obra das sociedades secretas. Pensando que o que intrigara os nova-iorquinos intrigaria os londrinos, molhei o dedo em meu próprio sangue e escrevi a palavra num lugar conveniente da parede. Depois caminhei até o meu fiacre e vi que não havia ninguém por perto e que a noite ainda estava muito tempestuosa. Tinha rodado já um certo trecho quando, pondo a mão no bolso em que costumava guardar o anel de Lucy, não o encontrei.

Aquilo me deixou arrasado, pois era a única lembrança que tinha dela. Pensando que poderia tê-lo deixado cair ao me debruçar sobre o corpo de Drebber, dei meia-volta e, deixando do meu fiacre numa rua lateral, segui audaciosamente até a casa — pois estava disposto a correr qualquer risco para não perder o anel. Ao chegar lá, dei de cara com um policial que saía, e só consegui dissipar suas desconfianças fingindo estar irremediavelmente bêbado.

"Foi assim que Enoch Drebber encontrou o seu fim. Tudo que restava depois era fazer o mesmo com Stangerson, e assim liquidar a dívida de John Ferrier. Eu sabia que ele estava hospedado no Halliday's Private Hotel, e passei o dia todo plantado nas imediações, mas ele não saiu uma vez sequer. Imaginei que ele desconfiava de alguma coisa diante do não aparecimento de Drebber. Era muito esperto, aquele Stangerson, sempre alerta. Mas se pensava que podia me evitar ficando dentro de casa, estava muito enganado. Logo descobri qual era a janela do seu quarto, e cedo na manhã seguinte, usando uma escada abandonada na ruela atrás do hotel, subi até o quarto quando mal raiava o dia. Acordei-o e contei-lhe que chegara a hora em que devia responder pela vida que ceifara tanto tempo antes. Descrevi-lhe a morte de Drebber e dei-lhe a mesma escolha entre as pílulas. Em vez de se agarrar à chance que isso lhe oferecia, saltou da cama e voou na minha garganta. Em autodefesa, apunhalei-o no coração. O desenlace teria sido o mesmo em qualquer circunstância, pois a Providência jamais teria permitido que sua mão culpada escolhesse outra pílula que não a venenosa.

"Saltou da cama e voou na minha garganta."
[Geo. Hutchinson, *A Study in Scarlet*, Londres, Ward, Lock Bowden, and Co., 1891]

"Tenho pouco mais a dizer, felizmente, porque sinto-me exausto. Continuei trabalhando como cocheiro por uns dias, pretendendo continuar até ter poupado o suficiente para me levar de volta aos Estados Unidos. Estava parado no pátio quando um garoto maltrapilho perguntou se havia ali um cocheiro chamado Jefferson Hope, acrescentando que meu fiacre estava sendo chamado por um cavalheiro em Baker Street, nº 221B. Fui até lá, sem desconfiar de nada, e quando dei por mim este rapaz aqui me algemou, e me imobilizou tão bem como nunca vi na minha vida. Esta é toda a minha história, cavalheiros. Podem me considerar um assassino, mas tenho-me na conta de um agente da justiça, tanto quanto os senhores."

A narrativa do homem fora tão emocionante, e suas maneiras tão impressionantes, que havíamos todos ouvido em absorto silêncio. Até os detetives profissionais, indiferentes como eram a todos os aspectos do crime, pareceram profundamente interessados na história de Jefferson. Quando ele terminou, permanecemos por alguns minutos numa imobilidade só quebrada pelo arranhar do lápis de Lestrade, que dava os toques finais a seu registro taquigráfico.

"Há apenas um ponto sobre o qual eu gostaria de um pouco mais de informação", disse Sherlock Holmes por fim. "Quem era o seu cúmplice que veio à procura do anel quando publiquei o anúncio?"

O prisioneiro deu uma piscadela jocosa para meu amigo. "Posso contar meus próprios segredos", disse, "mas não vou pôr outras pessoas em apuros. Vi seu anúncio e pensei que podia ser um embuste, ou podia ser o anel que eu desejava. Meu amigo se ofereceu para ir verificar. Acho que admitirão que se saiu admiravelmente."

"Sem dúvida alguma", disse Holmes entusiasticamente.

"Agora, cavalheiros", observou o inspetor com gravidade, "é preciso cumprir as formalidades da lei. Quinta-feira o prisioneiro será levado perante os magistrados e o comparecimento dos senhores será exigido. Até lá, serei responsável por ele." Enquanto falava tocou a campainha, e Jefferson Hope foi levado embora por um par de carcereiros, enquanto meu amigo e eu saíamos do distrito e pegávamos um fiacre de volta para Baker Street.

VII. Conclusão

Todos havíamos sido intimados a comparecer perante os magistrados na quinta-feira; mas, quando esse dia chegou, não houve necessidade do nosso testemunho. Um juiz mais elevado havia tomado o caso em mãos, e Jefferson Hope fora convocado perante um tribunal onde a estrita justiça lhe seria feita. Na própria noite de sua captura o aneurisma se rompeu, e ele foi encontrado de manhã estendido sobre o chão da cela, com um plácido sorriso no rosto, como se tivesse podido, enquanto agonizava, rememorar uma vida útil e um trabalho bem-feito.

"Gregson e Lestrade ficarão furiosos com sua morte", comentou Holmes quando conversávamos sobre isso na noite seguinte. "Que será da grande publicidade que esperavam?"

"A meu ver, eles não tiveram muito a ver com a captura dele", respondi.

"O que fazemos neste mundo não importa", retrucou meu companheiro amargamente. "A questão é o que levamos as pessoas a acreditar que fizemos. Não faz mal", continuou num tom mais animado, após uma pausa. "Eu não teria perdido essa investigação por nada. Que eu me lembre, nunca houve caso melhor. Embora simples, comporta vários pontos extremamente instrutivos."

"Simples!" exclamei.

"Bem, de fato, dificilmente poderia ser descrito de outro modo", disse Sherlock Holmes, sorrindo ante minha surpresa. "A prova de sua simplicidade intrínseca é que, sem nenhuma ajuda, afora algumas deduções banais, precisei de apenas três dias para pôr as mãos no criminoso."

"É verdade."

"Já lhe expliquei que em geral o que é fora do comum é um guia, não um obstáculo. Ao resolver um problema desse tipo, o essencial é ser capaz de raciocinar de trás para a frente. Trata-se de uma façanha muito útil, e muito fácil, mas as pessoas não a praticam muito. Nos assuntos cotidianos da vida, é mais útil raciocinar para a frente, e assim a outra maneira passa a ser negligenciada. Há cinquenta pessoas capazes de raciocinar sinteticamente para uma capaz de fazê-lo analiticamente."

"Confesso", disse eu, "que não o acompanho."

"Não esperava mesmo que o fizesse. Vejamos se posso deixar isso mais claro. A maioria das pessoas, se você lhes descreve uma série de eventos, lhe dirá qual seria o resultado. Elas podem associar esses eventos em suas mentes, e afirmar a partir deles que alguma coisa virá a acontecer. Um pequeno número delas, contudo, se você lhes conta um resultado, serão capazes de derivar de sua própria reflexão os passos que conduziram a ele. É a essa capacidade que me refiro quando falo de raciocinar de trás para a frente, ou analiticamente."

"Compreendo."

"Ora, este era um caso em que nos foi dado o resultado e tínhamos de descobrir tudo o mais por nós mesmos. Agora deixe-me tentar lhe mostrar os diferentes passos de meu raciocínio. Para começar pelo começo, aproximei-me da casa, como sabe, a pé, e com minha mente inteiramente livre de quaisquer impressões. Comecei, naturalmente, examinando a rua, e ali, como já lhe expliquei, vi claramente as marcas de um fiacre, que, como verifiquei mediante indagações, devia ter estado lá durante a noite. Certifiquei-me de que era um fiacre, e não uma carruagem particular, pela pouca distância entre as rodas. Os fiacres em Londres costumam ser bem mais estreitos que o *brougham* de um cavalheiro.

"Esse foi o primeiro ponto que marquei. Em seguida caminhei lentamente pela trilha do jardim, que por acaso era composta de uma terra argilosa, peculiarmente adequada para registrar impressões. Sem dúvida ela lhe pareceu uma mera linha de lama pisoteada, mas para meus olhos treinados cada marca sobre sua superfície tinha um significado. Nenhum ramo da ciência da detecção é tão importante e tão negligenciado quanto a arte de rastrear pegadas. Felizmente, sempre lhe dei grande ênfase, e a prática intensa fez dela uma segunda natureza para mim. Notei as pegadas pesadas dos policiais, mas notei também a pista de dois homens que tinham passado primeiro pelo jardim. Foi fácil determinar que haviam estado ali antes dos outros, porque em alguns lugares suas marcas tinham sido inteiramente obliteradas por outras que tinham passado sobre elas. Formou-se assim meu segundo elo, que me disse que os visitantes noturnos eram dois, um notável pela sua altura (que calculei pelo comprimento de seu passo), e o outro apuradamente vestido, a julgar pela impressão pequena e elegante deixada por suas botas.

"Quando entrei na casa, esta última inferência foi confirmada. Meu homem bem calçado estava caído diante de mim. O alto, portanto, havia cometido o assassinato, se houvera assassinato. Não havia nenhum ferimento no corpo do morto, mas a expressão agitada de seu rosto me assegurou que ele antevira seu destino antes que este o abatesse. Homens que morrem de doença cardíaca, ou de alguma causa natural súbita, nunca exibem agitação em seus semblantes. Cheirando os lábios do morto, detectei um hálito ligeiramente azedo, e cheguei à conclusão de que fora envenenado. Mais uma vez, raciocinei que tomara o veneno à força a partir da expressão de ódio e medo em seu rosto. Havia chegado a essa conclusão pelo método da exclusão, pois nenhuma outra hipótese corresponderia aos fatos. Não imagine que era uma ideia muito extravagante. A administração forçada de veneno não é em absoluto uma novidade nos anais do crime. Os casos de Dolsky em Odessa e de Leturier em Montpellier ocorrem de imediato a qualquer toxicologista.

"E agora vinha a grande questão do porquê. Roubo não fora o objetivo do assassinato, pois nada fora levado. Fora ele político, ou uma mulher? Essa foi a questão com que me confrontei. Tendi desde o início para a última suposição. Assassinos políticos contentam-se em fazer seu trabalho e fugir. Esse assassinato, ao contrário, havia sido extremamente deliberado, e o perpetrador deixara seus rastros pela sala toda, mostrando que estivera lá o tempo todo. Devia ter sido um delito privado, não um político, que exigira vingança tão metódica. Com a descoberta da inscrição na parede, minha opinião ficou mais forte que nunca. Aquilo era evidentemente um despiste. Quando o anel foi encontrado, contudo, ele decidiu a questão. Claramente o assassino o usara para lembrar à sua vítima uma mulher ausente ou morta. Foi nessa altura que perguntei a Gregson se, em seu telegrama para Cleveland, fizera alguma indagação sobre a carreira pregressa de Mr. Drebber. Ele respondeu, como você se lembra, na negativa.

"Em seguida passei a fazer um cuidadoso exame da sala, o que ratificou minha opinião quanto à altura do assassino, e me forneceu os detalhes adicionais sobre o charuto Trichinopoli e o comprimento de suas unhas. Já tinha chegado à conclusão, uma vez que não havia nenhum indício de luta, de que o sangue que cobria o assoalho jorrara do nariz do assassino em sua comoção. Pude perceber que o rastro de sangue coincidia com suas pegadas. Como é raro que um homem, a menos que seja muito pletórico, sangre dessa maneira por força de emoção, arrisquei a opinião de que o criminoso era provavelmente um homem robusto e corado. Os acontecimentos provaram que eu havia julgado corretamente.

"Tendo deixado a casa, tratei de fazer o que Gregson negligenciara. Telegrafei para o chefe de polícia de Cleveland, limitando minhas indagações às circunstâncias associadas ao casamento de Enoch Drebber. A resposta foi conclusiva. Segundo ela, Drebber já pedira a proteção da lei contra um antigo rival num caso de amor, chamado Jefferson Hope, e esse mesmo Hope encontrava-se presentemente na Europa. Agora eu sabia que tinha a chave do mistério na mão, restando apenas prender o assassino.

"Eu já concluíra, por força de reflexão, que o homem que caminhara em direção à casa com Drebber não era outro senão aquele que conduzira o fiacre. As marcas na estrada mostravam-me que o cavalo havia vagado de uma maneira que teria sido impossível se houvesse alguém tomando conta dele. Nesse caso, onde poderia estar o cocheiro, senão dentro da casa? Mais uma vez, é absurdo supor que algum homem em seu perfeito juízo perpetraria um crime deliberado sob os próprios olhos, por assim dizer, de uma terceira pessoa que certamente o denunciaria. Por fim, supondo que um homem desejasse perseguir outro através de Londres, que meio melhor poderia adotar que se transformar em cocheiro? Todas estas considerações levaram-me à irresistível conclusão de que Jefferson Hope seria encontrado entre os cocheiros de fiacre da Metrópole.

"Se ele foi cocheiro, não há nenhuma razão para acreditar que tenha deixado de ser. Ao contrário, de seu ponto de vista, qualquer mudança súbita tenderia a chamar atenção sobre si. Provavelmente, pelo menos por algum tempo, continuaria a fazer seu serviço. Nao havia nenhuma razão para suspeitar que usasse um nome falso. Por que adotaria outro nome num país em que ninguém conhecia o original? Assim, organizei meu corpo de detetives de moleques de rua e mandei-os investigar sistematicamente todos os proprietários de fiacre em Londres, até dar com o homem que eu queria. Como eles se saíram bem, e como tirei proveito disso rapidamente, ainda está fresco na sua lembrança. O assassinato de Stangerson foi um incidente inteiramente inesperado, mas que, de todo modo, dificilmente poderia ter sido evitado. Através dele, como você sabe, entrei na posse das pílulas, cuja existência já supusera. Como vê, a coisa toda é uma cadeia de sequências lógicas sem uma ruptura ou falha."

"É maravilhoso!" exclamei. "Seus méritos deveriam ser publicamente reconhecidos. Deveria publicar um relato do caso. Se não o fizer, eu o farei para você."

"Pode fazer o que quiser, doutor", respondeu ele. "Veja só!" continuou, estendendo-me um jornal. "Dê uma olhada nisto!"

"Pode fazer o que quiser, doutor." [Geo. Hutchinson, *A Study in Scarlet*, Londres, Ward, Lock Bowden, and Co., 1891]

Era o *Echo* do dia, e o parágrafo que ele apontava era dedicado ao caso em questão.

"O público", lia-se ali, "perdeu uma diversão sensacional com a súbita morte de um tal Hope, suspeito do assassinato de Mr. Enoch Drebber e de Mr. Joseph Stangerson. Os detalhes do caso provavelmente nunca serão conhecidos, embora tenhamos sido informados por fonte segura de que o crime foi resultado de uma antiga desavença romântica, em que amor e mormonismo tiveram um papel. Parece que ambas as vítimas pertenceram, em sua juventude, aos Santos dos Últimos Dias, e Hope, o prisioneiro falecido, também provém de Salt Lake City. Se o caso não tiver nenhum outro efeito, pelo menos põe em relevo da maneira mais admirável a eficiência de nossa força policial de detetives, e servirá para ensinar a todos os estrangeiros que o melhor que fazem é resolver suas desavenças em casa, e não trazê-las para solo britânico. É um segredo de polichinelo que o mérito por essa engenhosa captura pertence inteiramente aos conhecidos policiais da Scotland Yard, Messrs. Lestrade e Gregson. O homem foi capturado, ao que parece, no apartamento de um certo Mr. Sherlock Holmes, que, na condição de amador, revelou ele próprio algum talento na linha da detecção e que, com tais instrutores, pode esperar atingir com o tempo algum grau de sua competência. Espera-se que algum tipo de homenagem seja prestada aos dois policiais, num apropriado reconhecimento por seus serviços."

"Eu não lhe disse quando começamos?" exclamou Sherlock Holmes, rindo. "Esse é o resultado de nosso *Um estudo em vermelho* — proporcionar-lhes uma homenagem!"

"Não faz mal", respondi. "Tenho todos os fatos em meu diário, e o público haverá de conhecê-los. Nesse meio-tempo, você deve se contentar com a consciência do sucesso, como o avarento romano...

Populus me sibilat, at mihi plaudo
Ipse domi simul ac nummos contemplar in arca."*

* Horácio, *Primeira sátira*. Em tradução livre, "Vaiam-me na rua, mas eu em casa me aplaudo ao contemplar com afeto o meu dinheiro no cofre."

1ª EDIÇÃO [2013] 15 reimpressões

ESTA OBRA FOI COMPOSTA POR LETRA E IMAGEM EM KINGIFSHER E IMPRESSA EM OFSETE PELA GEOGRÁFICA SOBRE PAPEL PÓLEN DA SUZANO S.A. PARA A EDITORA SCHWARCZ EM JUNHO DE 2024

FSC
www.fsc.org
MISTO
Papel | Apoiando o manejo florestal responsável
FSC® C019498

A marca FSC® é a garantia de que a madeira utilizada na fabricação do papel deste livro provém de florestas que foram gerenciadas de maneira ambientalmente correta, socialmente justa e economicamente viável, além de outras fontes de origem controlada.